中國古典詩詞精品賞讀

杜牧

張梅 編著

五洲傳播出版社

图书在版编目（CIP）数据

中国古典诗词精品赏读丛书：繁体版. 杜牧 / 张梅著. -- 北京：五洲传播出版社, 2024.1

ISBN 978-7-5085-4986-6

Ⅰ. ①中… Ⅱ. ①张… Ⅲ. ①杜牧（803-852）－唐诗－诗歌欣赏 Ⅳ. ①I207.2

中国版本图书馆CIP数据核字(2022)第241294号

中国古典诗词精品赏读丛书

杜牧

出 版 人：关　宏
编　　著：张　梅
责任编辑：王　峰
图片编审：迟乃义
装帧设计：田　林
出版发行：五洲传播出版社
地　　址：北京市海淀区北三环中路 31 号生产力大楼 B 座 6 层
邮　　编：100088
发行电话：010-82005927　010-82007837
网　　址：http://www.cicc.org.cn　http://www.thatsbooks.com
印　　刷：北京市房山腾龙印刷厂
版　　次：2024 年 1 月第 1 版第 1 次印刷
开　　本：710 × 1000 mm　1/16
印　　张：8.25
字　　数：50 千字
定　　价：68.00 元

編者的話

中國在歷史上是一個“詩歌的國度”，古典詩詞是中國傳統文化的奇葩。早在三千年前，我們的祖先就創作出了以“詩三百”爲代表的優秀詩篇。此後每個歷史年代，詩歌創作都結出豐碩的成果，其中不少名篇名句，膾炙人口，傳誦至今。這套“中國古典詩詞精品賞讀”書系，選取了歷史上最具代表性的詩人、詞人的優秀作品，　加以詳盡通俗的譯注、評解，試圖由此將古代中國人創造的最可珍貴的文化瑰寶介紹給當代海内外讀者。

以“國風”爲代表的《詩經》和以《離騷》爲代表的楚辭，無論是在思想内容上還是在藝術手法上，都對中國後世詩壇產生了深遠影響。中國詩歌至唐代而達到高峰，呈現出後人所稱譽的“盛唐氣象”和“少年精神”，而從李白、杜甫等詩人身上，從他們留下的詩歌中，不難看出“風”“騷”以來優秀傳統的迴響。他們都有强烈的現實關懷，關注國家、社會、民衆等問題；而這種主題，往往是詩人通過自己的人生境遇和心靈歷程去感悟，通過描繪自然界山川萬物、人間世事民情來體現的。在唐詩的輝煌之後發展起來的宋代詩歌，成就也相當高，但最能表現此年代文學特殊成就的是詞。宋代優秀的詞家把這種長短句詩體運用到出神入化的地步，那或慷慨激昂、或委婉凄清的詞作，今天讀來仍有强烈的藝術感染力。可以説，唐詩宋詞是中國文學史上最有神采的篇章。本書系介紹的詩人、詞人，如東　的陶淵明，唐代的李白、杜甫、王維、白居易、劉禹錫、杜牧、李商隱，五代南唐的李煜，宋代的蘇軾、柳永、秦觀、李清照、辛　疾、陸游，元代的薩都剌，等等，都是中國詩歌史上耀眼的星座。

中國古代詩歌注重抒情、寫景，善於表現友情、親情、愛情、鄉情，以及其他複雜細微的個人情感。這形成中國詩歌又一個强大的傳統。在儒家思想影響下，中國詩歌幾乎從一開始就具有“發乎情，止乎禮義”的特點，情感的表達比較克制、内斂、含蓄，有别於西方的詩歌風格。與此同時，中國詩人們又强調“含不盡之意見於言外”，善於通過各種藝術手法傳達言外之意，給讀者以無窮的迴味、想象空間。古代詩詞中的優秀之作往往寫得深情宛轉，富於形象性和音樂性，誦讀這些詩詞，可以受到多層次的藝術感染和美的熏陶。古典詩詞還善於表現自然之美及人與自然的融合。古人常説“詩中有畫，畫中有詩”，本書系中的每首作品，都配以當代畫家根據詩詞意境繪製的中國畫，通過欣賞這些詩、畫，可以更深刻地領悟到中國古代藝術作品中的詩情畫意，品味其藝術之美。

除了“詩情畫意”的特色外，本書系以各位詩人、詞人單獨成册，以更清楚地展示其不同的個性和藝術風格；各分册包括詩人小傳與作品賞析兩部分。對每篇作品的賞析，又分爲題解、句解、評解三個章節：題解交代創作背景；句解用現代語文對詩詞進行逐句意譯，對某些難懂的字詞作注釋；評解部分則提要鈎玄，對作品特色進行點評。我們的本意，首先是幫助讀者减少閲讀中的文字障礙，繼而是理解詩詞的思想内容、藝術特色和寫作技巧。

中國古代經典詩篇把漢語升華到至美至純的境界，足以使每個中國人感到自豪。這些作品是聯接所有炎黄子孫思想、情感的文化紐帶，無論身在國内，還是身在海外，優秀的詩歌對讀者的感召力都是相通的。一個喜愛祖國傳統文化的人，可能會不斷地接觸和學習祖先的這些遺産。久而久之，這些優秀文化中的一部分會積澱下來，構成每個人頭腦中一道美麗的藝術長廊，不斷給人以教益、激勵和藝術享受。我們期望，本書系所介紹的詩詞名篇能够成爲這道藝術長廊的組成部分。

本書系所介紹的詩人、詞人，都各有很多傳世名篇，限於篇幅，書中每人只選取了二三十首代表作品。限於編輯水平，書中會有種種不盡如人意之處，敬請讀者朋友提出寶貴意見。

目录

杜牧簡介

晚唐詩人杜牧，字牧之，京兆萬年（今陝西西安）人。生於唐德宗貞元十九年（803），卒於唐宣宗大中六年（852）。杜牧以中書舍人致仕，居長安城南樊川別墅，後世稱他爲“杜紫微”“杜樊川”。他擅長詩歌與古文，而詩才尤其出衆，以英發俊爽、精警秀麗的風格，在晚唐詩壇獨樹一幟，爲後人留下了許多膾炙人口的佳作。後人將他與李商隱並稱爲“小李杜”。

杜牧出身於世家大族，祖父杜佑曾官至宰相，是中唐有名的史學家，著有著名的《通典》。杜牧十歲時祖父去世，家道日漸中落。他利用家中藏書，廣泛閱讀、悉心鑽研經史書籍，目的是研究“治亂興亡之迹，財賦兵甲之事，地形險易遠近，古人長短得失”（《上李中丞書》），期望能學以致用，濟世安民。

杜牧生活的時代，唐王朝正迅速走向衰敗。藩鎮割據、宦官擅權、吐蕃侵擾，是當時唐王朝面臨的幾大問題。杜牧在努力讀書、留意兵法的同時，更關心時政的得失、國家的興亡。二十三歲時，他針對唐敬宗在寶曆年間大起宮室、沉溺聲色一事，寫了著名的《阿房宮賦》，借秦始皇濫用民力、奢逸亡國的史事，對當世君主進行諷諭勸諫。這篇賦立論精警，識見不凡，令青年杜牧一舉成名。

文宗大和二年（828）春，杜牧以第五名進士及第。同年閏三月，又應制舉賢良方正能直言極諫科考試，也被錄取。他少年英俊，出身世家，又在同一年中兩度折桂，春風得意，一時在長安城中傳爲佳話。登科後，朝廷授予杜牧的官職是弘文館校書郎、試左武衛兵曹參軍。

杜牧在京做官半年以後，十月便離開長安，到江西觀察使沈傳師府署中擔任江西團練巡官、試大理評事。唐朝士大夫一般喜歡做京官，不願外出。也許因爲杜牧所任京官品位低微，職事繁瑣，難以施展才學和抱負；沈杜兩家既是世交，又是親戚，加之沈傳師赴任時羅致的人才皆爲一時之選，杜牧覺得離京外任既可增廣見識，也可盡展所學，因此便隨沈傳師離京赴贛。江西觀察使駐地是洪州（今江西南昌）。這裏水陸通達，山川秀麗，杜牧從長安到此，覺得一切都很新鮮，心情很開朗。大和四年（830）九月，沈傳師調任宣歙觀察使，杜牧又隨至宣州（治所在今安徽宣城）繼續供職。

沈傳師爲人謙和，與杜牧一同擔任幕僚的李景讓、蕭寘、韓乂、崔壽等人皆爲一時俊彥。杜牧與同僚們相處十分愉快，閑暇的時候，常在一起游賞宴飲。大曆十才子之一盧綸的兒子盧弘止，這時爲江西團練副使，對初入仕途的杜牧照應尤多。

杜牧在宣州幕中時，曾應沈傳師之弟、詩人李賀的朋友沈述師之請，作了《李賀集序》。李賀字長吉，爲中唐時一位異軍突起的詩人。他的詩奇幻譎誕，幽艷瑰麗，喜用象徵手法，風格獨特，對晚唐詩壇有很大影響。杜牧在《李賀集序》中盛贊李賀詩歌的藝術成就："雲烟綿聯，不足爲其態也；水之迢迢，不足爲其情也；春之盎盎，不足爲其和也；秋之明潔，不足爲其格也；風檣陣馬，不足爲其勇也；瓦棺篆鼎，不足爲其古也；時花美女，不足爲其色也；荒國陊殿，梗莽丘壟，不足爲其恨怨悲愁也；鯨呿鰲擲，牛鬼蛇神，不足爲其虛荒誕幻也。"他的評語形象、生動地概括了李賀詩歌的特點，同時，他敏鋭地指出李賀詩爲"《騷》之苗裔"，這些評語至今仍爲研究李賀者所必引。

大和七年（833）四月，沈傳師內昇吏部侍郎，杜牧也離開宣州，應淮南節度使牛僧孺之辟，赴揚州任幕吏。沈傳師是杜牧的世交前輩，待他十分親厚，如今分手，杜牧頗感依依不捨。從他的《憶鍾陵舊游四首》《自宣州赴官入京，路逢裴坦判官歸宣州，因題贈》等詩中，可以看到他在沈傳師幕中愉快生活的記錄。

杜牧來到揚州，在牛僧孺幕中做推官，後來轉爲掌書記，京銜是監察御史裏行。在唐代，節度使府掌書記是一個相當重要的職位，因爲節度使府公務繁重，"凡文辭之事，皆出書記，非閎辨通敏兼人之才莫宜居之"（《昌黎先生集》卷十三《徐泗濠三州節度掌書記廳石記》)。牛僧孺辟杜牧爲掌書記，可見對他的器重。

杜牧才華出衆，志在濟國安民，而踏入仕途之後始終擔任幕僚，心情多少有些抑鬱。他對當時藩鎮割據的局面深爲擔擾，公務之餘鑽研兵書、研究政事，寫了《罪言》《原十六衛》《戰論》《守論》等重要的策論，結合實際形勢討論藩鎮問題及用兵方略，多數都能切中時弊。杜牧以武略自負，還曾在曹操《孫子》註的基礎上，再次爲《孫子》十三篇作註。他的《孫子》註積多年之功，甚爲博詳，向爲後世學者所推重。

揚州地處淮南江北，正當運河與長江交錯之點，水陸交通方便，貿易發達，商賈雲集，是唐代極繁華的商業都市。俗諺云“腰纏十萬貫，騎鶴上揚州”，以揚州爲人間樂園。每至入夜之時，十里長街笙歌盈耳，珠翠塞途，宛若仙境。杜牧出身世家，本有貴公子習氣，所謂“美容姿，好歌舞，風情頗張，不能自遏”(元辛文房《唐才子傳》)，如今來到揚州這樣一個繁華的聲色之都，正是如魚得水。他夜間常常私服外出，飲酒宴游，尋花問柳。牛僧孺不放心，但又不便攔阻，於是密派兵卒三十人，換了便服暗中跟隨保護，而杜牧始終没有覺察。大和九年(835)，杜牧官拜監察御史，將赴長安供職，牛僧孺置酒設宴爲他餞行，語重心長地勸解他：“你氣度曠達，性情豪邁，將來必然前途無量，衹是我常常擔憂你風情不節，影響身體。”杜牧掩飾説自己平時很檢點，並無冶游之事。牛僧孺笑而不答，命人拿出一個小匣子，當面打開，裏面都是那些便衣衛兵的密報，上寫“某夜，杜書記過某家，無恙”之類，杜牧羞愧交加，泣拜致謝，此後終生感念牛僧孺。杜牧後來寫了許多懷念揚州的詩篇，流傳甚廣。

杜牧歸長安任監察御史，結束了長達七年的幕僚生活。監察御史的品級雖然不過是正八品，但是它的職權是分察百僚，巡按郡縣，糾視刑獄，可以對整肅朝政起到一定作用。杜牧回京就職，本來充滿希望，可是朝廷中正在醞釀的一場變故迅速粉碎了他的希望。

當時宦官擅權專政，唐文宗李昂想擺脱宦官仇士良等的操縱，於是重用鄭注、李訓，密謀誅除宦官。這兩人衹是善於投機鑽營的政客，並無真才實學和憂國憂民的公心，受到文宗寵信後聲勢甚爲煊赫，對理清朝政又造成了新的隱患。朝中一些冷靜清醒的官員對此十分憂慮，相繼提出彈劾，反而紛紛遭到貶謫或被迫辭官退隱，其中就包括杜牧的朋友李甘、李款、李中敏等。杜牧甫一回京，即逢權臣當道，朝政混亂，志同道合的朋友相繼遭到排擠。在這種情況下，他也托稱身體有病，不久改任監察御史分司東都，離開長安，來到洛陽。

杜牧在洛陽職事清閑，與當地名士以詩會友，或結伴游賞。他到洛陽不久後，偶然在東城一家酒店遇到一位故人，就是以前在洪州、宣州時熟識的歌女張好好。張好好在宣州時嫁與沈述師爲妾，後遭遺棄，流落洛陽，在小酒店當壚賣酒。杜牧了解到她的遭遇之後十分同情，感舊傷懷，作長篇五古《張好好詩》以贈慰之。全詩以張好好爲贊美與描寫的中心，同時也抒發了自己對沈傳師幕中生活的懷念之情，感慨歲月空擲而功業未就，筆致委婉，感情真摯。杜牧的書法瀟灑飄逸，他手寫的《張好好詩》真迹一直保存到現在。

大和九年（835）十一月，長安發生“甘露事變”，此後宦官進一步把持朝政，言路壅塞，有志之士徒懷抱負，無處施展。杜牧困守洛陽，既憂國事，複傷己遇，寫了《洛陽長句》《登敬愛寺樓》等詩以寄慨舒懷。

杜牧的弟弟杜顗患有眼疾，開成二年（837）病情加重，看不見東西，遂辭官到揚州，住在禪智寺。杜牧十分焦慮，請了一位眼醫石公集，和自己一起東下揚州看望杜顗。根據規定，“職事官假滿百日，即合停解”，杜牧爲照顧杜顗，告假滿百日後衹得辭去官職，不再回洛陽。此次重來揚州，既憂心弟病，亦自傷前程，杜牧已不再有當年的冶游豪興，從《題禪智寺》一詩中可以見出他心情的黯然。

這一年秋末，杜牧應宣歙觀察使崔鄲之邀，攜病弟再赴宣州任團練判官。杜牧隨沈傳師在此任幕僚時，幕中人才濟濟，熱鬧非常，他也是風華正茂的青年；如今僅僅過去五年的時間，沈傳師墓木已拱，昔日的同僚也各奔前程，而杜牧自己兩鬢斑白，仍然蹭蹬官場，一事無成。正是“景物不盡人自老，誰知前事堪悲傷”（《大雨行》）。環境和心情的變化，使杜牧的詩風爲之一轉，由當年的熱情放誕轉爲傷感曠達。

宣城山水優美，南齊著名詩人謝朓曾做過宣城太守，這裏也被稱爲“謝朓城”。杜牧重來宣城，時常獨自出去游賞，也常和友人互相唱和。

開成三年（838）冬，杜牧遷左補闕、史館修撰。次年春，他將病弟托付給時任江州刺史的堂兄杜慥，赴長安就職。杜牧此行乘船泝長江、漢水，經襄陽、南陽、武關、商山而至長安。時值春日，沿途風景優美，他一路游賞，心情比較開朗，留下多首筆觸清新可喜的紀行詩。

唐武宗會昌二年（842）七月，杜牧返回長安。次年春，又外調爲黃州（今湖北黃岡）刺史。關於這次外放的原因，史書中没有記載。據杜牧自己推測，可能是受到宰相李德裕的排擠："會昌之政，柄者爲誰？忿忍陰污，多逐良善。牧實忝幸，亦在遣中。"（《祭周相公文》）"柄者"指當朝宰相李德裕。這裏需要提到與晚唐政局有密切關係的牛（僧孺）、李（德裕）黨争。關於牛李黨争的起因，一般認爲牛黨重科第，而李黨重門第，亦即主張科舉的新官僚集團與舊世族集團之間的鬥争。雙方恩怨不斷積纍，到後來矛盾的焦點逐漸轉移到政見分歧上。比如對待藩鎮叛亂，牛黨采取縱容姑息的態度，李黨則力主打擊討伐，雙方壁壘分明，意見針鋒相對。杜牧的政治主張其實是傾向於李德裕的，而且他的弟弟杜顗在大和八年曾入李德裕的鎮海節度使（駐地在潤州，即今江蘇鎮江）幕任推官，很得李德裕器重，杜牧與李黨本無嫌隙。但是，由於杜牧入過牛僧孺幕，在感情上傾向於牛僧孺，因此李德裕執政後始終不太信任杜牧，當然也不會委以重任。杜牧曾在《雪中書懷》中說"臣實有長策，彼可徐鞭笞。如蒙一召議，食肉寢其皮"，表達了非常熱切的爲世所用的願望。在李德裕執政期間抵抗回鶻、討伐澤潞等事件中，杜牧曾上書建言軍事方略，李德裕也盡量采納了他的意見。儘管如此，李德裕仍然没有重用杜牧，一直讓他在外州做刺史。可以說，杜牧一生的仕途坎坷，與他身處牛李黨争夾縫中的尷尬地位有很大關係。

黃州在唐代又名齊安郡，是一個比較窮僻的小州。杜牧出任黃州刺史，是他第一次親理民政。他很關心民生疾苦，蠲免了一些不合理的賦稅，廢除了不少陋規，並告誡州縣吏不得擾民，盡力做到政簡刑輕。他在黃州期間，詩歌創作頗豐。黃州附近有些名勝古迹，如木蘭廟、桃花夫人廟（即息嬀廟）、赤鼻磯、蘭溪等，杜牧在公事閑餘時常外出游賞，或即景抒情，或詠史懷古，寫下了不少名篇。

會昌四年（844）九月，杜牧改任池州（治所在今安徽貴池）刺史。年過四旬的杜牧，此時詩名已盛傳大江南北；加上池州山川秀美，多有勝境，因此不少朋友都相繼來此尋訪，如孟遲、張祜、蒯希逸等。其中，杜牧與張祜的交往尤其值得一說。

張祜，字承吉，南陽人，元和年間便以詩得名。二人以前雖未謀面，但是相互仰慕已久。張祜來訪，二人遍游境内名勝，情誼甚洽。張祜性情疏狂狷介，曾遭白居易、元稹屈抑，以致終身未仕。杜牧對元白體詩早有微詞，因此對張祜更爲同情。在他與張祜游賞酬答的作品中，對張祜的際遇所流露的不平與感憤，其實也暗含著對自己沉埋下僚的怨憤。兩位詩人惺惺相惜，許爲莫逆。當時的詩人鄭谷曾說："張生'故國三千里'，知者應惟杜紫微。"（《高蟾先輩以詩筆相示抒成寄酬》）他們這段交往酬答，成爲晚唐詩壇流傳的佳話。

杜牧雖然身在外郡，遠離朝廷，然而仍然十分關心政事。對武宗下詔毀佛、江南民生日蹙以至滋生盜賊等事，杜牧都或記或書，有過評述和建議。此外，他在池州還有一些工程實績。他重修了池州刺史衙署內的藏書樓；在池州南門建造了一座記時準確的銅壺銀箭刻漏；在通遠門外秋浦水邊，取李白《秋浦歌》（其五）"飲弄水中月"之句，修建了一座"弄水亭"，後來成爲當地名勝。

會昌六年（846）九月，杜牧調任睦州（治所在今浙江建德）刺史。這一年武宗去世，宣宗即位，李德裕失勢遭貶，政局變動，杜牧本來有昇遷的希望。然而不知爲何，他被調到更爲偏遠的睦州。離家已久，年齒日增，杜牧的思鄉之情也逐漸滋生。大中二年（848），通過宰相周墀的援引，他終於得到昇爲司勳員外郎、史館修撰的任命，回到朝中。

大中三年（849）吐蕃內亂，自天寶末即被吐蕃占領的秦州、原州、安樂三州和石門等七關的人民起義歸唐。"牧馬驅羊雖戎服，白髮丹心盡漢臣"（《河湟》），杜牧一直關心邊地人民，心念河湟的收複；如今多年的渴望終於成爲現實，他感到由衷的喜悅振奮。然而不久，他又遇到了新的困難。

唐時京官俸祿甚薄，此時杜牧家累很重，除了要供應自己一家人的開支，還有病弟、孀妹需要周濟；堂兄杜慥閑居京城，絕俸纍年，也需要杜牧來照顧。爲龐大的一家人經營衣食，京官薄俸委實難以支持，再加上挂念寄居揚州的弟弟杜顗，所以杜牧便請求外放。經過再三上書，朝廷終於同意他出任湖州（今屬浙江）刺史。

杜牧年近五旬纔好不容易回到長安，且已遷昇吏部員外郎，他三次上啓請調湖州，情辭懇摯，態度堅決，除了經濟原因外，其中恐怕還另有隱衷。回到長安以後，他漸漸發現當朝統治者生活奢靡，權貴競相豪侈，牛李黨爭雖初告結束，河湟雖然收複，但朝政並沒有轉爲清明的迹象。在《長安雜題長句》六首中，他流露了對當權者粉飾太平、宴佚無度的不滿。留京在朝也不可能有所作爲，這恐怕是杜牧剛回長安不到一年便請求外放的另一個原因。

大中四年（850）秋，杜牧出任湖州刺史。湖州風景宜人，地方富庶，盛産茶葉。爲使貢茶按時采製，每逢春日刺史須親往督察。杜牧於大中五年（851）春天來到顧渚山巡視，心情愉快，寫了《題茶山》等幾首生動的紀游詩，詳細描繪這一帶的山川形勝及采茶盛况。但不久杜顗去世，杜牧十分悲痛。他出守湖州的一個重要原因就是爲了便於照顧杜顗，病弟既已辭世，杜牧便借這年秋天内調考功郎中、知制誥之機，離開湖州回京任職。他將祖父杜佑在長安城南下杜樊鄉的别墅修葺一新，準備在此終老。

大中六年（852），杜牧遷中書舍人，官正五品。這是他一生最高也是最終的官職。因爲唐開元中曾一度改中書省爲紫微省，因此人們也稱他爲"杜紫微"。自回京後，杜牧爲朝廷起草了不少制書、詔令。

多年的奔波勞碌使杜牧心力交瘁，身體越來越差，除日常公事外，他惟流連於秀美清雅的樊川别墅，或邀親朋小聚，或以吟詠歌詩、整理舊作爲事。這一年冬天，杜牧身染沉痾，自覺不久於人世，便自撰墓志銘。不久，這位宦海浮沉、坎坷一生的詩人病逝於故鄉長安，享年五十歲。

杜牧平生所作詩文甚多，大中六年冬得病時，他自己加以檢閲，大部分都燒掉了，留下的幾百篇詩文不過是其中的十之二三。他死後，外甥裴延翰將遺作編爲一集，共二十卷，取名《樊川文集》。

杜牧才氣縱横，抱負遠大，惜家累繁重，仕途坎坷，未能盡展所學。留給後人的，惟有他的詩文創作了。在他所處的時代，唐詩已經經歷了興旺繁榮的黄金時期，不僅出現了像李白、杜甫那樣的大家，而且還産生了衆多流派及衆多風格各異的優秀詩人。杜牧對詩歌創作有著明確自覺的藝術追求，立志形成自己獨特的風格。他自稱"苦心爲詩，本求高絶。不務奇麗，不涉習俗。不今不古，處於中間"（《獻詩啓》）。他不滿於晚唐文壇逐綺靡、尚藻繪的風氣，要求作品内容充實，主張 "文以意爲主，氣爲輔，以辭采章句爲之兵衛"（《答莊充書》）。當然，受時代風氣的影響，他的詩也有重視辭采的一面。

總的來説，杜牧的詩歌具有如下特點：俊爽峭健之中别具風華，豪宕疏朗而又情致婉約。他觀察力敏鋭，想象開闊新奇，善於選取典型形象入詩，用筆煉字峻拔凝煉。他的詩古近體兼擅，其中律詩、絶句尤爲出色；一些詠史和寫景絶句立論精警，構思新奇，廣爲傳誦。他的詩歌作品今存五百餘首，題材很豐富，除享有盛譽的政治諷諭詩和詠史詩之外，舉凡詠物、酬贈、感事、抒懷以至風土、節候、紀游等等，也無所不包，爲後人留下了了解唐代生活的珍貴史料。

贈終南蘭若僧

家在城南杜曲傍，
兩枝仙桂一時芳。
禪師都未知名姓，
始覺空門意味長。

題解

唐文宗大和二年（828）春，杜牧進士及第。同年閏三月，又應制舉賢良方正能直言極諫科考試，及第授官。這時詩人二十六歲，可謂少年得志，春風得意。據晚唐孟棨《本事詩・高逸》記載，在制策及第後，杜牧曾與一二同年到城南游覽，在文公寺與一僧人相談，發覺僧人並不知曉當時名動京師的杜牧其人其事。杜牧因有所感，而成此詩。“終南”，指終南山，在今陝西西安之南。“蘭若”，寺院。梵語“阿蘭若”的省稱，本意爲寂净、無苦惱煩亂之處。

贈終南蘭若僧 詩意圖 王同仁 繪

【句解】

家在城南杜曲傍，兩枝仙桂一時芳

"杜曲"，地名，在唐代長安之南，是韋、杜兩大望族聚居之地，當時有"城南韋杜，去天尺五"的說法，就是形容他們門第的顯赫。京兆杜氏是魏、晉以來數百年的高門世族，在唐代尤其煊赫。杜牧的祖父杜佑曾官至宰相，且學識淵博，撰有中國典章制度史名著《通典》，至今仍爲治史者的必讀書。杜牧在《冬至日寄小姪阿宜詩》中說到自己家："舊第開朱門，長安城中央。第中無一物，萬卷書滿堂。家集二百編，上下馳皇王。""二百編"即指《通典》二百卷，可見他對自己的家學門第十分珍視。"家在城南杜曲傍"，是說自己出身於世代顯宦的名門望族。"兩枝仙桂"，唐人謂登科爲折桂；"仙桂"，表示珍貴難得的意思。唐代科舉取士分制科和常科，制科主要試對策，科目繁多，有直言極諫、賢良方正、博學宏詞、才堪經邦、武足安邊等；常科有秀才、明經、進士、明法、明字、明算等科目。唐人謂"三十老明經，五十少進士"，進士考試很難，五十歲中了都還算是年輕的進士。取中進士者非常榮耀，仕途通達有望，故時人謂之"白衣公卿"。杜牧在一年之中進士及第，又制策登科，所以說是"兩枝仙桂一時芳"。這兩句是說自己出身世家，一年之中兩度折桂，弱冠成名，長安城內街知巷聞，一時傳爲美談。

禪師都未知名姓，始覺空門意味長

"禪師"，對僧人的尊稱。"空門"，大乘佛教主張一切皆空，故佛門亦稱空門。據孟棨《本事詩》記載，杜牧在登科後與幾個同年到城南游覽，到文公寺，與一位穿著粗布衣服獨坐的僧人相談，僧人的玄言妙旨皆出人意表。僧人問及杜牧的姓名與修業，旁人便誇說杜牧科場累捷，名動京師，僧人笑著說："這些事我都不知道。"杜牧聞言非常驚訝，爽然若失，始覺佛法的意味深遠，非塵世功名之人所可揣度，因提筆寫成此詩以志之。

評解

唐代的風氣，應進士舉的讀書人常將自己的作品送給朝中有文學聲望的人去看，希望得到他們的獎掖揄揚，乃至推薦於主考官。時謂推薦者與應進士舉者的關係爲“知己”。杜牧系出名門，才華發越，所以當他應進士舉時，朝中替他宣揚名譽、争爲“知己”的官員不下二十人；而據五代王定保《唐摭言》記載，杜牧得中進士第五名，與太學博士吴武陵向主試官崔郾的薦舉有關。可以想知青年杜牧在當年的長安城中聲名之盛。然而這些世俗的繁華榮耀並未侵擾佛門清净，文公寺禪師對此毫無挂懷，這位禪師非但以自己智慧的談吐折服了杜牧等新進才俊，其心境的平和淡定也令杜牧悵然嗟嘆，恍然領悟到浮名之無根無穡。細細品味此詩，我們仿佛看到少年成名、春風得意的杜牧與友人在興高采烈的游賞中，因與方外僧人一席談，心境由喧噪躍動漸漸平静澄明下來的情景。

贈别（其一）

娉娉裊裊十三餘，
豆蔻梢頭二月初。
春風十里揚州路，
卷上珠簾總不如。

题解

唐文宗大和七年（833）四月，杜牧應淮南節度使牛僧孺邀請，由宣州（今安徽宣城）來到揚州（今屬江蘇），在其幕中任推官、監察御史裏行，轉掌書記。揚州勝地繁華，杜牧性情疏野放浪，供職以外，流連風月，唯以宴游爲事，多青樓交好。《贈别》爲大和九年（835）杜牧由淮南節度府掌書記昇監察御史、離揚州赴長安時，與揚州當地歌女贈别的作品，共二首，這是第一首。杜牧時年三十三歲。

贈別（其一） 詩意圖 馬海方 繪

【句解】

娉娉裊裊十三餘，豆蔻梢頭二月初

“娉娉裊裊”，形容少女身姿輕盈裊娜。“豆蔻”，多年生草本植物，形似芭蕉，夏日開花；豆蔻花淡紅鮮妍，二月初豆蔻花尚未大開，詩文中常借以比擬十三四歲的少女。開篇二句並未正面描寫女子的容貌，僅從側面落筆，而一個妙齡少女美麗的倩影已栩栩如生地呈現於讀者面前。她娉娉裊裊，有著輕盈靈動的美；梢頭豆蔻，含苞待放，在二月初春的風中微微顫動。短短十四個字，少女的嬌怯動態已躍然紙上。春花與少女相互映襯，面對這樣美好的事物，詩人心生憐愛。此二句造語空靈，清新可人，是唐詩中描寫少女的名句。

春風十里揚州路，卷上珠簾總不如

“春風十里”，形容揚州的繁華。據《唐闕史》記載，揚州城中，每到夜晚，青樓之上“常有絳紗燈萬數，輝羅耀列空中，九里三十步街中，珠翠填咽，邈若仙境”。“珠簾”，以珠子串成的風月場所的門簾。揚州聲色繁華，舞臺歌榭甚爲密集，每處閃爍的珠簾下都有紅粉佳麗。但是若卷起那些珠簾看一看，總是遜色一籌。是誰比誰遜色呢？詩人並未明說，但是讀者已會意，正是這位豆蔻年華的少女更能打動詩人的心。“卷上珠簾”四字烘托了揚州城珠光寶氣的繁華氣象，而“總不如”的“總”字，則暗示了十里春風中的美女如織，少女在這樣聲色繁華的背景下依然顯得秀出絶倫，她的美麗動人已經無須用言語形容了。

評解

此詩由人及花，由花及市，再以城中全部珠光寶氣、脂濃粉香的繁華景象襯托一人之美。或許這位少女並不一定真的艷冠群芳，但是在心生情愫、而又即將遠行的詩人眼中，整個揚州城的美人與她相比，都黯然失色。詩歌前兩句描寫少女青春可人，語氣中有無限憐愛；後兩句用反襯的方法述說她的秀麗絶倫，又傳達了詩人的情有獨鍾。詩中始終未正面描寫少女的面容，而詩人的意中人，一位嬌俏動人的小歌女的倩影已宛在目前。全詩語言空靈清新，深得“不著一字，盡得風流”之妙。

贈別（其二）

多情却似總無情，
唯覺樽前笑不成。
蠟燭有心還惜別，
替人垂淚到天明。

題解

這是《贈別》詩的第二首，寫於杜牧由揚州赴長安之時，同第一首“娉娉裊裊十三餘”一樣，是寫給那位妙齡歌女的。第一首重在描寫對方的美麗動人，引起惜別之意；而這一首則抒寫詩人對少女留戀惜別的心情。

贈别（其二） 詩意圖　蕭玉田 繪

【句解】

多情却似總無情，唯覺樽前笑不成

“樽”，酒器。此二句描寫詩人與意中人在離席别筵上默然相對，依依惜别的場景。既是多情，就不應輕言離别，離别即可稱爲無情；可既然無情，爲何又是欲笑不能？依依難捨，仍是多情。詩人的心情十分複雜，在離别的前夕，本應執手喁喁，互訴衷曲，然而兩人却又無語對坐，黯然銷魂。這凄然相對中的深情，又豈是“多情”二字可以形容得盡？從“無情”落筆寫感情的深摯，又著一“總”字加強語氣，寫出情人離别時往往欲語還休這一普遍現象。離愁别緒太過鬱結，縱有百般溫言傾訴、千般細細叮囑，也不能平撫彼此爲離别而懸起的心和預支的挂念憂慮。詩人也想強顔歡笑，舉酒勸慰，使所愛展顔；然而，一個“唯”字，突出了詩人再怎樣強打精神，也是徒勞，無法做到若無其事、歡容相對。這兩句把詩人“無情”沉默下的“多情”描寫得委婉盡致，極有情味。

蠟燭有心還惜别，替人垂淚到天明

離席别筵上的黯然相對，使畫面静止了，唯有燭火的閃爍爲這静止增添了一點流動的、不安定的氣氛。彼此都無語静默，那一點點不安定便格外引人注意。詩人不禁暗暗地想：蠟燭終夜垂淚，也是在爲我們惜别傷心吧。情感的繁複滋味一層層涌上心頭，令深陷其中者覺得有些恍惚，不那麼真切，倒是客觀物象更能真實地折射其心情。本是百感交集，詩人不説自己的痛惜，却轉筆去寫燭淚，也正是這個道理。

南宋詩論家張戒在《歲寒堂詩話》中曾這樣評論這兩句：“意非不佳，然而詞意淺露，略無餘藴……衹知道得人心中事，而不知道盡則又淺露也。”其實，從全詩的意境來看，這兩句不應僅從字面描寫的直露與否來評價。以蜡淚比襯惜别之情，若衹有這樣一層比喻，自然是有些單薄，失之直白；但是聯想到全詩營造的黯然相對、終夜無語的氛圍，詩人不説自己惜别，而説蠟燭垂淚，“有心”是一語雙關（蠟燭之“芯”與人“心”），“替人”更增婉曲，這就顯得極委婉而有韻致。惜别之情是如此的深，兩人反倒不知該如何啓齒，如何面對，這種臨别情怯的感覺，不寄托於眼前席上所有之物，又將如何發付呢？故此句表面意思似嫌淺白，細細揣度，便覺其意味含蓄藴藉。

評解

這是一首優秀的贈別詩，與第一首“娉娉裊裊十三餘”是寫給同一位歌女的。通過第一首，我們已經了解了這位少女的美麗動人與詩人的情有獨鍾；這第二首的無語惜別，則帶給我們更豐富的閱讀感受。雖然她是一位歌女，但畢竟衹有十三歲，幾乎還是一個孩子，詩人要如何向她說明自己的遠行呢？此後一別，不知能否再相見，詩人又如何忍心去說明？而那位嬌俏可人的小歌女，尚未洞悉成人的世界，不知道與客人離別之時應該說些甚麼，想必她也拙於表達內心的朦朧情感。三十三歲的詩人和十三歲的少女，在離別的宴席上黯然相對，好像没有甚麼綿綿情話要傾訴；但是這“無情”與“笑不成”，比直寫“多情”更顯得含蓄而意味深濃。

後二句不從正面落筆，而是以蜡淚比襯惜別之情，將二人之間無法形之於言表的纏綿繾綣之意寫得委婉盡致，極有情味。全詩語言簡潔流暢，曰“却似”，曰“唯覺”，形容盡致；曰“有心（芯）”，曰“替人”，設詞婉曲。短短二十八個字，寫盡了“情到深處情轉薄”的感覺，誠爲贈別詩中的佳作。

金谷園

繁華事散逐香塵，
流水無情草自春。
日暮東風怨啼鳥，
落花猶似墜樓人。

題解

這首詩約作於唐文宗開成二年（837）春，杜牧時年三十五歲，任監察御史，分司東都洛陽。“金谷園”，故址在今河南省洛陽東北，是西晉石崇所建的别墅，富麗奢華，極一時之盛。石崇，字季倫，西晉豪富官僚，官至侍中，以劫掠客商致富。他曾與貴戚王愷、羊琇等争侈鬥富，後被趙王倫所殺。

據《晉書·石崇傳》記載，石崇有歌妓緑珠，美而艷。孫秀使人索要緑珠，石崇堅持不與。孫秀耿耿於懷，終於矯詔捕殺石崇。事發時，石崇正在樓上設宴，緑珠就在身邊。看見甲士進來，石崇對緑珠説：“我今爲爾得罪。”緑珠哭著説：“當效死於君前。”於是投身樓下而死。杜牧過金谷園，傷春感昔，即景生情，寫下了這首詩。

金谷園 詩意圖 汪國新 繪

【句解】

繁華事散逐香塵，流水無情草自春

金谷園在唐時已經荒廢，詩人行經此地，面對荒園，想到此處榮盛繁華的往事已隨香塵消散無迹，不禁有無限感慨。“香塵”，沉香之末。據晉王嘉《拾遺記》所述，“（崇）使數十人口含異香，行而語笑，則口氣從風而揚。又屑沉水之香如塵末，布象床上，使所愛者踐之，無形者賜以真珠百琲，有迹者節其飲食，令身輕弱。”沉香是一種昂貴的香料，石崇使人將其碾成屑末，使愛妾踐之以取樂，其生活之奢靡可見一斑。“香塵”用在這裏，既暗扣當年“使所愛者踐之”的典故，也爲全詩平添了惆悵的風調。香塵隨風而逝，飄渺無迹，隨風而逝的，又豈止香塵而已！那些縱恣嬌寵、輕盈美麗的女子們，也早已香消玉殞、湮滅無聞了。這一句已隱隱開啓下文對綠珠的憑弔之情。

“流水無情草自春”中的水，指流經金谷園的金水。金水依舊潺潺流過，春草依然蓬勃碧綠，它們對於這座故園的興廢、對美人的消歇，似乎無動於衷。徒然傷感的，衹有在此吟哦傷弔的詩人。古來詩人觸物興情之時，筆底景物往往呈現兩種傾向，或是感染詩人的情緒，隨詩人一起悲歡笑怨；或是完全不爲所動，甚至呈現出與詩人心情相反的繁榮態勢，以加倍襯托詩人的感慨之情。前者如杜牧《齊安郡中偶題》中的“多少綠荷相倚恨，一時回首背西風”，歐陽修《蝶戀花》中的“淚眼問花花不語，亂紅飛過鞦韆去”等句，都是客觀物象感染了詩人的情緒，它們的種種形容聲態仿佛也體現著詩人的心情，從而塑造出情景交融的“有我之境”。而後者則反筆襯托，以物象的無情襯托人的有情，如杜甫《蜀相》中的“映階碧草自春色，隔葉黃鸝空好音”，李清照《一剪梅》中的“花自飄零水自流。一種相思，兩處閑愁”等句。世間萬物依舊興衰消長，不爲人事改變它們的軌迹；而詩人觸物心驚，關於世事無常的感慨、對自己悲歡之情的感受，因物象的無動於衷而倍加深長。此句中的“自”字，同“映階碧草自春色”“花自飄零水自流”中“自”的用法一樣，突出萬物自生自滅、不爲人世所主宰的意味。

日暮東風怨啼鳥，落花猶似墜樓人

日暮時分，風中傳來鳥啼陣陣。春鳥鳴囀，本是令人心曠神怡的賞心樂事，但此時詩人已久立廢園，正自感慨萬端，又兼紅日西沉，涼風暗起，鳥兒的啼叫聲也顯得如怨如慕。風過花落，緩緩飄墜，詩人不禁聯想起曾在此墜樓而死的綠珠。以春花喻綠珠，暗示了綠珠的美麗芳華；春花飄落令人傷感，美人芳華消歇，又怎能不令人扼腕嘆息？春花委地，原非驟降，而是隨著晚風飄然而落；落花的遲緩下墜有如慢鏡頭一般，淒美哀婉，以此比美人墜樓，喚起詩人與讀者的惋惜與同情。而且，花隨風落是無法自主的，正因其無法自主，更暗示了綠珠處境的可悲。當是時，綠珠不死又能如何？她不過是權貴們的玩物而已。

在這兩句中，客觀物象終於染上了詩人的意緒，日暮、東風、啼鳥、落花，以"怨"字串連起來，無一不傳達著詩人的惆悵與憐惜。"猶似"，仍似，是說花亦有情，彷彿傷美人之殞，故以落爲奠，仍似在紀念綠珠。這落花的態度，這春鳥的哀啼，都是從詩人眼中看得，耳中聽得，它們都體現了詩人的情思。種種的意象密合無間，共同營造出一種情景交融的淒美意境。

評解

在這首懷古絶句中，詩人對金谷園的荒凉不勝感慨，對綠珠的不幸命運表現了深深的同情。詩以啼鳥之怨襯綠珠之恨，以春花飄落喻美人墜樓，句句景中皆有情在，情致委曲深婉。古今以遭際堪傷的美人爲吟詠對象的詩篇有很多，而論人文關懷與哀婉蘊藉，當推王維《息夫人》和此詩爲上。詩人宅心仁厚，對弱女子的不幸寄予了深切的同情，短短一絶，關情無限。

題揚州禪智寺

雨過一蟬噪，飄蕭松桂秋。
青苔滿階砌，白鳥故遲留。
暮靄生深樹，斜陽下小樓。
誰知竹西路，歌吹是揚州。

題解

本詩作於唐文宗開成二年（837）秋。杜牧時年三十五歲，任監察御史，分司東都洛陽。杜牧的弟弟杜顗患眼疾，暗無所視，寄住在揚州城東的禪智寺。杜枚告假，從洛陽帶了眼醫石公集前去探視。本詩當作於此時。唐制規定："職事官假滿百日，即合停解。"杜牧這次即因告假逾百日而離職。全詩描寫禪智寺初秋的景色，著重表現環境的幽僻和詩人憂弟病、傷前程的黯然情緒，其心境與做淮南節度府掌書記時的豪興、冶游之情相比，可謂判若兩人。"禪智寺"，又名上方寺、竹西寺，在揚州城東十五里，寺前有橋，跨舊官河。

題揚州禪智寺 詩意圖 甘雨辰 繪

【句解】

雨過一蟬噪，飄蕭松桂秋

詩的首聯點明節候，因其時仍有蟬鳴，故當爲初秋。南朝梁代詩人王籍《入若耶溪》詩中有“蟬噪林逾靜，鳥鳴山更幽”的詩句，這首詩首句用“蟬噪”典故，既切合場景，也加倍襯托出禪智寺的幽靜。詩人說“一蟬噪”，這雨後蟬聲的獨響，又爲寺院增添了一層清冷淒咽。在秋風中摇曳的松枝、桂樹，也流露出蕭蕭秋意。儘管有雨聲、風聲、蟬聲，但這些喧噪之聲反而反襯出寺院環境的幽靜清冷。

青苔滿階砌，白鳥故遲留

首聯是從聽覺的角度寫寺院的静寂，而在這一聯，詩人又從視覺的角度加以描寫。人迹罕至，青苔方能鋪滿階砌；没有人聲的驚擾，白鳥纔會盤旋稽留，不願離去。青苔、白鳥，似乎是目中所見，信筆寫來，却又因景生情，這兩種物象、兩種顏色，鳥兒緩慢飛翔的形影，益發烘托出寺院的清寂與詩人的失落之感。

暮靄生深樹，斜陽下小樓

“暮靄”，傍晚時分的雲霧。禪智寺人迹杳杳，葉繁林茂，即便是正午驕陽，也難以徹照；斜陽餘照，更覺暮靄氤氳，有種平和的淒凉。這一句的好處在於對光線的生動描寫。暮靄沉沉，林木繁深，在光與色上引起的是一種關於暗、濃、深的聯想。樹是綠色的，而綠色本是冷色，“深樹”更讓人覺得寺院冷僻。下句詩人却又筆鋒一轉，寫“斜陽下小樓”。落日餘暉，爲這清冷的畫面增添了一抹紅色的和煦，暗中見明，又讓人覺得冷而未至於寒，幽而未至於陰，此處並非一味清寂，尚可居留。衹是這餘暉畢竟屬於“斜陽”，供人居住的畢竟衹是禪院中的“小樓”，這一點點暖意雖然稀釋了前句造成的陰冷效果，却又進一步暗示了這個地方的寂寞。一“生”一“下”，兩個動詞用得極妙。“生”與“下”是兩種動態，都是延續的、漸進的，暮靄緩緩昇起，斜陽寸寸落下，客觀物象自主地生息、移動，而人只是靜靜地長時間坐視、旁觀。物象的主動，反襯詩人的被動，凸顯了人的寂寥煢獨。

誰知竹西路，歌吹是揚州

在以上詩句中，詩人從不同的角度對禪智寺進行正面描寫，讀者也已經深味此處的僻靜幽獨。然而，這畢竟是一座禪院，僻靜幽獨可說是再正常不過，並不令人覺得突兀意外。於是詩人不再描寫禪院，轉而從喧鬧繁華的揚州落筆，以反襯的寫法再次突出此處的靜獨。“竹西路”，在禪智寺前官河北岸；“歌吹”，歌聲與音樂鼓吹聲。薄暮時分，秋風中隱隱約約傳來揚州鬧市的歌樂喧嘩，詩人靜坐寺中靜靜傾聽。雖然此處没有明寫他心中的感慨，但是這一靜一喧的對比中，詩人的心情已經不言而喻：數年前在揚州，他是何等風光，風流倜儻，隨侍成行；而如今告假逾期，停職賦閑，獨居寺中，這情景又是何等凄凉。這首詩名爲《題揚州禪智寺》，前六句可以説都是寫景，最後兩句則是寓情於景的點題之筆，抒發了詩人寂寞傷懷的心情。

評解

據唐人于鄴《揚州夢記》記載，杜牧做淮南節度府掌書記的時候，公事之餘，經常出入酒樓歡場游玩。淮南節度使牛僧孺擔心他有意外，派遣兵卒三十人，换了便裝，暗地隨行保護他。杜牧於大和九年（835）昇任監察御史，即將啓程赴長安，此時牛僧孺勸誡杜牧收斂行事，方纔説破此事，杜牧因而終身感戴牛僧孺。想當年杜牧在揚州夜夜尋歡，且暗隨者衆，那是多麼疏野豪放、快活瀟灑；而今棄官爲弟弟延醫治病，卜居禪智寺，既憂心弟弟之病，又憂慮自身的前程，雖然身在揚州，去竹西勝境夜夜冶游的心情却是再也没有了；如此一想，他自然感慨萬端。詩人没有明寫自己重返揚州後處境的變化，而是通過寫景來暗示今昔之感，抒發寂寞傷懷的心情。

這首詩的好處在於以動寫靜，意象的選擇與詩歌整體意境十分和諧。獨蟬鳴噪、白鳥徘徊、落日移晷、鬧市歌吹，每一聯裏都有動態的物象或音聲；而這些音聲影像，却加倍襯托出禪智寺的幽僻清冷，以及寓居其中的詩人的寂寥煢獨。詩歌從聽覺、視覺的角度反複描寫，用意遣詞十分精細，構思巧妙，是一首寓景於情的佳作。

題宣州開元寺水閣，閣下宛溪，夾溪居人

六朝文物草連空，
天淡雲閑今古同。
鳥去鳥來山色裏，
人歌人哭水聲中。
深秋簾幕千家雨，
落日樓臺一笛風。
惆悵無因見范蠡，
參差烟樹五湖東。

題解

本詩作於唐文宗開成三年（838）深秋，杜牧時年三十六歲，任宣州（今安徽宣城）團練判官。“宛溪”，源出於宣城東南嶧山，流繞城東。南朝詩人謝朓曾任宣城太守，杜牧在另一首詩裏稱宣城爲“詩人小謝城”。宣城東北有風景秀麗的敬亭山，城中的開元寺本名永安寺，建於東晉時代，是當地名勝之一。杜牧在宣城期間經常來開元寺游賞賦詩。這首詩抒寫了詩人在寺院的水閣之上俯瞰宛溪、遠眺敬亭山時的古今之慨。

題宣州開元寺水閣，閣下宛溪，夾溪居人 詩意圖 甘雨辰 繪

【句解】

六朝文物草連空，天淡雲閑今古同

起首寫登臨遠眺，感慨古今，造成一種籠罩全篇的抒懷氣氛。“六朝”，吴、東晉、宋、齊、梁、陳六個朝代，均建都建康（吴都名建業，今江蘇南京），史稱六朝。詩人在開元寺的水閣之上，放眼望去，草色無邊，遠接天際，再也難尋六朝的繁華氣象；而那天淡雲閑的景色，却是不爲人間變遷所動，亘古不易。這種感慨固然由登臨引起，但聯繫詩人的經歷看，還有更深刻的內在因素。詩人此次來宣州已經是第二回了。大和四年（830），沈傳師任宣歙觀察使（治宣州），二十八歲的詩人曾在沈的幕中供職。八年之間，杜牧經歷了人生的起伏，兩至宣城的感受，如他自己所說：“我初到此未三十，頭腦釤利筋骨輕。”（《自宣州赴官入京，路逢裴坦判官歸宣州，因題贈》）“今年闒茸鬢已白，奇游壯觀唯深藏。景物不盡人自老，誰知前事堪悲傷？”（《大雨行》）憑欄遠眺，自然加深人世變易之感。

鳥去鳥來山色裏，人歌人哭水聲中

憑欄遠望，敬亭山像一面巨大的翠色屏風，飛鳥翔集，往來出没於這天然翠幃之中；百姓沿美麗的宛溪兩岸而居，勞逸悲喜，隨著水聲悠悠流逝。無論怎樣強烈的感情，怎樣起伏的人生，也終歸會在水聲中靜靜逝去。《禮記·檀弓下》：“晉獻公成室，張老曰：‘美哉輪焉，美哉奂焉！歌於斯，哭於斯，聚國族於斯。’”此處“歌哭”化用其意，借流水歌哭的奇特意象，巧妙地延續了首聯的今昔之感。這兩句中蘊含著強烈的人生感喟乃至歷史感喟。

深秋簾幕千家雨，落日樓臺一笛風

前四句營造出迷蒙而廣闊的時間背景，此句則塑造了一個廣闊的空間圖景。深秋時節的密雨，把一切籠罩在朦朧之中，千門萬户仿佛都挂上了雨的簾幕；黄昏雨住，落日樓頭，一縷悠揚的笛聲隨風輕送，景色宜人，人的心情也隨著由晦而明，神清氣爽。本是笛隨風送，但詩人寫“一笛風”，仿佛是一縷笛音穿透空氣，帶來了清風習習一樣，用詞巧妙，被後人廣爲沿用。宋人胡槻《落梅》“自孤花底三更月，却怨樓頭一笛風”，王安石《松江》“五更縹緲千山月，萬里凄凉一笛風”等句，都從此句而來。

惆悵無因見范蠡，參差烟樹五湖東

面對廣漠的時間與空間，詩人感慨萬端，不禁聯想起功成身退的范蠡。范蠡是春秋越國大夫，曾幫助越王勾踐滅吴，功成之後，爲了避免越王的猜忌，“遂乘輕舟以浮於五湖，莫知其所終極”（《國語·越語》）。“五湖”何指，説法不一，有説是太湖别名，有説爲太湖五道，即滆湖、洮湖、射湖、貴湖及太湖。此處“五湖”泛指太湖流域的湖泊，從方位上看，它們是在宣城之東。《唐詩鼓吹評註》卷六解釋這兩句説：“昔范蠡功成身退，游於五湖，可謂識進退之宜矣。今所可見者惟有五湖烟樹，如蠡者豈得而見之哉！言外有感嘆人己意。”弟弟杜顗的眼病仍在治療之中，自己的處境亦不理想，心甚憂慮。功成身退是古代文人的理想，而詩人空懷韜略，無由施展，進不能成就功業，退又有室家之累，難以隱居山林。他感慨遠望，不見古人，亦難酬理想，惟見參差錯落、雲烟繚繞的樹木湖山，因此而惆悵不已。

評解

杜牧爲照顧患有眼疾的弟弟，不得不放棄監察御史官位；又因身處在牛李黨争的派系矛盾中，謀職甚難。他攜病弟二度入宣州幕時，自稱“重游鬢白事皆改，唯見東流春水平”（《自宣州赴官入京，路逢裴坦判官歸宣州，因題贈》），已經不是意氣風發的青年了。他在宣州時的作品常有這種歲月虛擲、物是人非的感慨。

這首詩抒寫詩人登上開元寺水閣遠眺敬亭山時的古今之慨。遠望長空，曾經的繁華已隨時光的流逝無處尋覓，見證了一切歷史變遷的藍天白雲却依舊那麼自在無心。第二聯用典巧妙，取象奇特，在眼前景象中藴含著無限關於時間的感喟。人在造物面前、在永恒面前顯得微不足道，在有限的人生中，甚麼纔是真正有價值的、值得爲之奮鬥終身的？這種沉甸甸的歷史感使詩人的悵惘跳出個人的得失順逆，有了更爲深刻的內涵。前半首詩境界深遠，對頸聯寫景的筆力有了更高的要求。在詩人筆下，敬亭山的雨景白茫茫一片，待到雨住雲收，夕陽晚照，笛音破空，便有種清冽的神氣；這一縷清冽，使詩人更增悵惘。敬亭宣城，風物宜人，東望太湖，衹見一片參差烟樹。那功成身退、扁舟逍遥的范蠡，如今再也難覓踪影；而自己功名事業難以成就，亦不能奢望散淡出世，藉以安身立命的，還能有甚麼呢？全詩的末句從廣闊的時空背景拉回自身，爲壯志難酬一發浩嘆。由於前兩聯中關於歷史與永恒的思考，詩人關於自身的悵惘也變得厚重；他的感慨不再是屬於他一個人的，而道出了古今一切胸懷韜略而被世事牽縛拘束、理想難酬之人的心聲。全詩景中見情，含蓄而灑脫，神味俱足，意象明麗而寄慨遥深，展示了杜牧律詩雄勁的筆力。

宣州送裴坦判官往舒州，時牧欲赴官歸京

日暖泥融雪半銷，
行人芳草馬聲驕。
九華山路雲遮寺，
清弋江村柳拂橋。
君意如鴻高的的，
我心懸旆正搖搖。
同來不得同歸去，
故國逢春一寂寥。

題解

本詩作於唐文宗開成四年（839）春，杜牧時年三十七歲。杜牧與裴坦本來都任宣州判官，這一年春天杜牧將離職赴京任左補闕、史館修撰，而裴坦則辭官游舒州（今安徽潛山），杜牧作此詩爲裴餞行。

宣州送裴坦判官往舒州，時牧欲赴官歸京 詩意圖 王本傑 繪

【句解】

日暖泥融雪半銷，行人芳草馬聲驕

起句以明快的筆觸，勾勒出一幅春日遠行圖。初春的太陽，和暖宜人，積雪已消融大半，解凍後的地面一片泥濘。詩人的朋友即將遠行，待發的駿馬興奮地踩踏著青草，仰頭長嘶，掩抑不住即將放足絶塵的喜悦。“驕”，得意，昂奮。芳草在古詩詞中常用來形容離别之情，如“王孫游兮不歸，春草生兮萋萋”（《楚辭・招隱士》），“遠芳侵古道，晴翠接荒城。又送王孫去，萋萋滿别情”（白居易《賦得古原草送别》）等。青青碧草叢生於林間水畔，與鬧市絶緣，因而芳草又常常成爲士人歸隱與高潔品行的象徵，如“寂寂竟何待，朝朝空自歸。欲尋芳草去，惜與故人違”（孟浩然《留别王維》），“隨意春芳歇，王孫自可留”（王維《山居秋暝》）等。此處的“芳草”兼具兩種含意，既點明了詩人的惜别之情，也暗含了作者對朋友辭官出游的欽羡稱賞之意。出行前芳草馬嘶這幅畫面，又進一步點明了時令，暗示朋友此時樂觀爽朗的心情，與詩人的惆悵不安形成鮮明對比。

九華山路雲遮寺，清弋江村柳拂橋

這兩句寫詩人懸想的朋友旅途中的風景。“九華山”，中國佛教四大名山之一，有“佛國仙城”之稱，在今安徽青陽西南，爲宣州至舒州的必經之處。“清弋江”，一名青弋江，在安徽東南，宣城與九華山之間，江水青碧，景色優美。在詩人的想象中，朋友行經美麗的清弋江，江橋邊楊柳輕拂，彷佛在訴説詩人的惜别之意；朋友路過九華山的時候，一定隱約可見白雲掩映中莊嚴的古刹吧。此二句寫景，一山一水，先遠後近，層次錯落有致，既傳達了對朋友的惜别之意，也流露了對朋友此游的暗暗欽羡。裴坦辭官出游，此行正逢初春雪融，沿途的美好風景、九華的莊嚴古刹彷佛都印證著他拋却世事牽縛而逍遥自在，使詩人倍加想往。

君意如鴻高的的，我心懸旆正摇摇

這兩句用對比的方法進一步表達自己的心情。“的的”，明白，昭著。“懸旆”，懸挂的旗子，隨風飄摇；“摇摇”，摇摇無主，形容心情的不安彷徨，語出《詩經・王風・黍離》“行邁靡靡，中心摇摇”。杜牧即將就任的左補闕一職，掌規諫諷諭，然而當時牛李黨争情况複雜，杜牧自知身處夾縫之中，雖然歸京就職，心中實覺不安。裴坦此行如鴻之高舉，超絶塵世，翩然不顧；而杜牧自己此行歸京，個人前途固然未卜，將病弟暫時托付給正在江州做刺史的堂兄杜慥，也是放心不下，十分牽挂。於公於私，杜牧都不能像裴坦那樣自在出游。昔日同僚臨歧而别，心情却是如此的不同，詩人因此十分感慨。

同來不得同歸去，故國逢春一寂寥

“故國”，指詩人的故鄉長安。詩人與裴坦都是從長安來宣州幕府供職的，如今詩人欲歸京赴任，裴坦則前往舒州，不能同歸長安。杜牧不禁想到，等回到長安的時候，和暖的春日應該還没有過去，但縱使春色明媚，朋友却已經遠别，這情景是多麼寂寞啊！末句爲設想之辭，委婉而真摯地傳達了詩人對朋友的思念之情，益發見出平日兩人相交之厚。

評解

這是一首贈别詩。詩的前半部分筆觸明快，是詩人從自己的視角寫即將遠别的友人。江南早春，陽光明媚，芳草遍地，駿馬迫不及待的驕嘶，折射出主人卸官身輕、整裝待發的喜悦興奮；前途景致優美，風光無限，一切都包孕生機，充滿希望。而詩人則要拋下病弟，回到政治鬥争複雜的京城擔任動輒得咎的京官，兩相對比，自是感慨萬端，不禁發出“君意如鴻高的的，我心懸旆正摇摇”的感嘆。

其實杜牧此次還京，沿途山水優美，又正值春日，從他沿途所作多篇作品來看，興致還是不錯的，如《漢江》《途中作》《村行》等。但此詩寫於送裴坦南下時，杜牧自己則即將啓程北歸，此時分别有雙重的含義，因此詩中始終藴含與友人相比照的情緒。詩中以對友人前路的展望來反襯自己“中心摇摇”的情緒，借景生情，既是贈别，也是抒懷。

題烏江亭

勝敗兵家事不期，
包羞忍恥是男兒。
江東子弟多才俊，
卷土重來未可知。

題解

本詩一說作於唐文宗開成四年（839），一說作於唐武宗會昌四年至六年（844—846）杜牧任池州（今安徽貴池）刺史時。“烏江亭”，在今安徽和縣東北烏江鎮，舊說爲項羽兵敗自刎處。公元前二〇三年，項羽在垓下被漢軍圍困，突圍至此，別無退路，力戰而敗。因無顏面對江東父老，不肯渡江，羞憤自殺。人們一向認爲項羽此舉展現了高尚氣節與英雄氣概。杜牧這首詩却別出心裁，批評項羽不能忍辱負重，先求全身而退，以徐圖後議。此詩名爲詠史，實是抒懷，其中寓有對現實政治的感慨。

题乌江亭 詩意圖 林百石 繪

【句解】

勝敗兵家事不期，包羞忍恥是男兒

人們常說“勝敗乃兵家之常事”，此詩討論項羽敗亡的史事，首句便引此俗語，爲下文的議論奠定一個人們認可的前提。正因爲人人皆知勝敗之事不可預料，所以應該“包羞忍恥”，徐圖後議，這纔是大丈夫所爲，並非只要“力拔山兮氣蓋世”，就可以稱得上是“男兒”。真正的男子漢應該有責任，有擔當，有胸襟，包括接受勝利和接受失敗的胸襟。項羽“自矜功伐，奮其私智而不師古”（司馬遷《史記·項羽本紀》），勝利時便驕傲自矜，盲目自大，失敗時則歸咎於“時不利”，運氣不好，不但不能認真總結失敗的教訓，而且不能正視失敗，難以稱爲真正的“男兒”。

江東子弟多才俊，卷土重來未可知

據《史記·項羽本紀》載，項羽逃到江邊時，烏江亭長勸他說：“江東雖小，地方千里，衆數十萬人，亦足王也。願大王急渡。今獨臣有船，漢軍至，無以渡。”項羽却說：“天之亡我，我何渡爲！且籍與江東子弟八千人渡江而西，今無一人還，縱江東父兄憐而王我，我何面目見之？縱彼不言，籍獨不愧於心乎？”終自刎而死。“江東”，安徽蕪湖以下的長江下游南岸地區。當初項羽跟叔叔項梁在吴中（今江蘇吴縣）起義，得江東精兵八千人。以此爲基業，三年徵伐，終於率領衆諸侯滅秦，號爲“霸王”。然而當他逃到烏江邊上時，身邊已經一個人也没有了，他自覺無顔面對江東父老，更不可能再到江東去稱王，因此自刎而死。人們歷來欣賞項羽“無面目見江東父兄”一語，認爲表現了他的男兒氣節；杜牧則獨持異議，認爲此舉極不明智：江東還有很多像八千子弟那樣的才俊之士，項羽衹要重回江東，重整旗鼓，勝負之數還不一定呢。

評解

秦末群雄争霸，項羽無尺寸之土而能迅速崛起，最終兵敗不肯苟活而自刎烏江，雖然失敗，仍不失爲英雄。自從司馬遷將項羽列入《本紀》，這種意見幾成定論。然而韓信曾評價項羽是“匹夫之勇，婦人之仁”，認爲他缺乏大丈夫的氣魄與襟懷。杜牧此詩亦以“男兒”爲評價標準，對項羽提出批評。

這種批評不爲無因，衹是對史事有些理想化了，不够客觀。後來的評論家多以杜牧之言爲非，如宋人胡仔《苕溪漁隱叢話》說這首詩“好異而畔於理”，認爲：“項氏以八千人渡江，敗亡之餘，無一還者，其失人心爲甚，誰肯複附之？其不能卷土重來，决矣。”認爲項羽人心已失，不可能再得到江東子弟的幫助，這是有道理的。

杜牧的詠史詩，確實喜歡翻出新義，得出與前人相反的結論，如“東風不與周郎便，銅雀春深鎖二喬”（《赤壁》），“南軍不袒左邊袖，四老安劉是滅劉”（《題商山四皓廟》），“至竟息亡緣底事？可憐金谷墜樓人”（《題桃花夫人廟》）等，都是別出心裁，反說其事。然而，也不能認爲杜牧一味“好異”求新。杜牧身懷濟世安邦之志，滿腹安邊退敵之策，然而始終不得重用。晚唐朝廷懦弱，對藩鎮采取姑息容忍的態度，爲有志之士所不滿。杜牧發出《題烏江亭》這樣驚世駭俗的言論，欲借此贊揚不屈不撓的戰鬥精神，希望唐王朝能够重振雄風。借項羽之酒杯，澆自己之塊壘，這纔是他的用意所在。這首詩宣揚一種百折不撓的精神，全詩語意顯豁，文辭質樸，一氣呵成，聲勢奪人，充滿了昂揚奮發的戰鬥精神，不失爲優秀的詠史之作。

早雁

金河秋半虜弦開，
雲外驚飛四散哀。
仙掌月明孤影過，
長門燈暗數聲來。
須知胡騎紛紛在，
豈逐春風一一回。
莫厭瀟湘少人處，
水多菰米岸莓苔。

題解

唐武宗會昌二年（842）八月，北方少數民族回鶻烏介可汗率衆南侵，在唐朝的天德軍（今內蒙古烏拉特旗西北）、振武軍（今內蒙古和林格爾北）大肆劫掠人口牛馬，一度逼近雲州（今山西大同）。其時杜牧雖出爲黃州（今湖北黃岡）刺史，但仍心念邊疆戰事，憂慮北方邊地人民流離失散。此詩以比興的手法托物寓意，含蓄地表達詩人對時局的憂慮與對流亡百姓的關切同情。雁爲候鳥，深秋飛至南方過冬，春季飛回北方，詩中用以比喻邊地人民；此時係中秋八月，大雁剛剛開始南飛，故稱“早雁”。

早雁 詩意圖 張純桂 繪

【句解】

金河秋半虜弦開，雲外驚飛四散哀

“金河”，在今內蒙古呼和浩特南面；“秋半”，陰曆八月是秋季三個月中間的一個月，所以稱爲“秋半”。金河八月，回鶻秋獵，在雲天上翱翔的群雁聞弦驚惶，哀鳴四散。“虜”，指回鶻入侵者；“虜弦開”謂胡人挽弓射獵，喻指回鶻對唐朝北部邊境發動侵略戰爭。這兩句節奏緊湊，層次分明，從情態、動作到聲音，以密集的意象營造了一個瞬間連續的畫面，帶給讀者一種強烈的緊迫感。

仙掌月明孤影過，長門燈暗數聲來

在明月夜裏，失群的早雁從長安宮殿上飛過，黯淡的燈光中傳來孤雁斷續的悲鳴。“仙掌”，指金人捧露盤。漢武帝爲求長生，建神明台，上有銅仙人，手捧銅盤玉杯，以承接甘露。伸出手掌等待仙露的銅人在月色映照下已覺形單影隻，夜空中又掠過離群孤雁縹緲的剪影，更顯淒清。“長門”，漢宮名，漢武帝時陳皇后失寵後退居於此。失意人幽居之所，燈光黯淡，本就充滿愁怨清冷；幾聲孤雁的哀鳴，更爲這人迹罕至的地方平添淒涼，使人不忍聽聞。“孤影過”寫形，“數聲來”寫聲，極力營造出一種淒清慘淡的氣氛，其中包含著作者對邊地人民深切的同情。仙掌、長門都用以指代唐都長安，孤雁在無人知曉的夜半時分飛過銅人幽宮，詩人以此暗示皇帝漠視邊地人民的苦情，傳達了微婉的諷諭之意。

須知胡騎紛紛在，豈逐春風一一回

這二句由早雁南飛而想到其北歸。春天的時候，氣候逐漸變得和暖，大雁應該回歸故鄉。但要知道回鶻的鐵騎依然在北方肆虐，你們怎能像往年一樣隨著春風一一返回故鄉呢？由於朝廷抵抗不力，詩人感覺到這場戰爭不會很快完結，因此，早雁尚在南徵途中，詩人却已聯想到它們來年仍將無家可歸。“須知”“豈逐”語氣深婉，以對話的語氣，仿佛面對面地細細叮囑邊地流民，流露出詩人對朝廷的不滿和對無辜百姓的憐恤悲憫。

莫厭瀟湘少人處，水多菰米岸莓苔

流離失所、春盡難歸的徵雁，何處纔是它們的歸宿呢？詩人在懸想中繼續勸慰群雁：你們莫要嫌棄南方空曠荒涼，瀟湘一帶湖泊衆多，菰米莓苔盡有，足供你們充飢，不妨暫時留下吧。詩人的勸慰，其實是暗示邊患難靖，流民仍不可言歸。這無可奈何的慰藉之詞，包含了詩人多少沉痛，既傷百姓之無辜，又嘆政府之無力、無情。“瀟湘”，二水名。瀟水發源於今湖南藍山縣南九嶷山，湘水發源於今廣西靈川，至湖南零陵二水合流，再往北注入洞庭湖。相傳大雁南飛到湖南衡山的回雁峰而止，故這裏以瀟湘指代徵雁落足越冬之所。“菰米”，茭白果實如米，可食，是六穀之一，又稱雕胡；“莓苔”，薔薇科植物，可作鳥類的食物。由早雁南徵而想到北返，這是一層體貼；由北返不得而想到流寓南方，這又是一層體貼。詩人對民瘼的關懷，對國事的憂慮，盡在其中。

評解

此詩題爲《早雁》，句句扣“雁”落筆。不過，這不是一般的詠物詩，而是托物寓慨。通篇采用比興手法，以雁喻民，句句寫雁，而句句關人，貼切而形象。杜牧素有論兵大計，但毫無施展機會，其時又出爲黃州刺史，對邊境的戰況可以說是有心無力；這次邊患雖然危險，但還不至於動摇大唐根基。這些因素混合在一起，使這首詩更多流露的是對邊地人民的關切體貼，語氣悲憫，情致深婉，而不像“遺民忍死望恢複，幾處今宵垂淚痕”（陸游《關山月》）那樣懷有強烈的悲憤不平。

從儒家詩教的標準來看，好的詩歌不僅要體貼民瘼，還要能救時補弊。這首詩的頸聯和頷聯便有這樣的諷諭之意。孤雁掠過長安宮殿，意指統治者理應知道難民背井離鄉，四散奔逃；但是月明燈暗的金人、幽宮，歷來爲皇帝所忽視，又暗喻統治者無意體察邊地人民的苦情。在這次回鶻擾邊的戰事中，雲州刺史張獻節閉城自守，武宗詔令振武軍、天德軍等“俟來春驅逐回鶻”。戰事已起，却不積極采取措施，這令詩人十分憂慮。正因爲如此，他纔設想來年春天邊患未必便靖，並存恤勸慰難民姑且留在他鄉。這首詩敘寫時局，別有諷諭，但是這層意思始終没有說破，衹是暗含在形象的描寫與詩人的勸慰之語中，稱得上溫柔敦厚、蘊藉含蓄。明人胡震亨說“牧之詩含思悲凄，流情感慨。抑揚頓挫之節，尤其所長”（《唐音癸籤》），這首詩便是如此。

齊安郡後池絶句

菱透浮萍綠錦池，
夏鶯千囀弄薔薇。
盡日無人看微雨，
鴛鴦相對浴紅衣。

題解

本詩作於唐武宗會昌三年（843）夏，杜牧時年四十一歲，爲黄州刺史。“齊安郡”即黄州。這是杜牧第一次做親理民事的地方官，他蠲免了一些不合理的賦税，廢除了不少陋規，並告誡州縣吏不得擾民，盡量做到政簡刑輕。這首詩描寫黄州一座庭園的夏日景色，傳達了詩人安閑賞玩的心情；畫面優美，色彩豐富，别具情致。

齊安郡後池絶句 詩意圖 甘雨辰 繪

【句解】

菱透浮萍綠錦池，夏鶯千囀弄薔薇

首句描寫池面的景色。菱葉呈棱形，顏色墨綠；而浮萍則呈橢圓形，顏色較淺。水面上鋪滿了菱葉與浮萍，“透”字形象地寫出密密麻麻的菱葉穿過浮萍而出的景象，深淺之色相疊，一池碧錦。“透”字在這裏還表示一種主動的情態，菱葉、浮萍彷彿也有了生命，努力地展示屬於自己的絢爛。第二句視角轉向庭院。薔薇花多是紅色，夏日的黃鶯百囀千啼，忽而隱沒於紅色花叢間，忽而又鑽出來鼓翅翩飛。“弄”字表現嬌小的黃鶯在薔薇花叢中上下翻飛，逗弄得花枝搖曳的情態。翠綠池水，黃鶯紅花，色彩鮮艷可喜，描寫十分生動。

盡日無人看微雨，鴛鴦相對浴紅衣

後兩句進一步烘托這座園林的清幽雅靜。“看”字暗中點出賞景之人，若真是無人觀賞，詩人又何從知道鴛鴦在微雨中“相對浴紅衣”呢？“無人”的意思，衹是没有人聲喧噪打擾這安靜的庭院。細雨中鴛鴦成雙成對、自由自在地在水面上嬉戲，這悠閑的畫面之外，却分明有一個詩人在靜靜欣賞。“盡日”二字暗示玩賞之久，傳達出一種清靜閑適的心情。

評解

這首小詩畫面優美，引人入勝，把讀者引進了一座清幽妍麗、生氣十足的夏日園林。全詩色彩豐富而又協調：菱萍之深綠、淺綠錯綜間出，庭園裏的一池綠錦青鬱可愛；嬌艷的嫩黄色的夏鶯在紅色薔薇中忽隱忽現，爲整個畫面增加了動感與亮點；而戲水鴛鴦的彩羽在微雨中更顯得鮮明奪目，明媚可愛。整個畫面色彩斑斕，濃淡合宜。

這首詩的動詞運用也很有特點，以“透”“弄”“浴”描摹菱萍生長、夏鶯鳴囀及鴛鴦戲水的情態，使庭園顯得生機勃勃。也正是因爲畫面中有這些自在躍動的生命，纔益發襯托出庭園的清幽。

全詩雖通篇寫景，而景中自有人在。第三句的“無人”反襯出詩人終日玩賞的悠閑情態，詩人的眼中之景，正傳達了他對自然生機的欣賞和對人民生活安定的欣慰之情。

齊安郡中偶題

兩竿落日溪橋上，
半縷輕烟柳影中。
多少綠荷相倚恨，
一時回首背西風。

题解

本詩作於唐武宗會昌三年（843）秋，杜牧時任黃州刺史。詩名“偶題”，說明是一首即景抒情之作。

齊安郡中偶題 詩意圖 甘雨辰 繪

【句解】

兩竿落日溪橋上，半縷輕烟柳影中

“兩竿落日”，是說夕陽離地面的水平線尚有兩竿之高。這正是悠閑愜意的黃昏時分。落霞斜暉，色彩光亮而柔和；人行走於清溪小橋之上，望見溪畔楊柳仿佛籠罩在輕烟之中。“半縷輕烟”與“兩竿落日”對仗工整，進一步點明了時間。黃昏時分，楊柳深處人家的炊烟昇起，紅日西薄，柳影也漸漸變得影綽，因此從溪橋上遠遠望去，會覺得楊柳含烟。這兩句詩中落日烟柳的意象，柔美溫煦而略帶感傷。

多少綠荷相倚恨，一時回首背西風

這兩句寫水面上的荷葉受風之狀。“多少”寫出綠荷之密，因爲層層疊疊，故彼此相偎相倚；秋風吹過，荷葉一齊背風翻起，詩人捕捉到這刹時的動態，打破了原先畫面的靜態。綠荷翻起時背面微白，溪面層疊的亭亭青蓋一時半綠半白，益顯出滿池荷葉傾欹、風神搖曳之美。但荷葉背風翻白，又如何說是“恨”呢？“景無情不發，情無景不生”（范晞文《對床夜話》），“一切景語皆情語”（王國維《人間詞話》），風荷原本無情，不應有恨，但詩人帶著自己感情色彩去看，就覺得風荷的翻飛是“回首”，這滿池荷葉一齊避風低迴的姿態便含有“恨”意。綠荷之恨，實爲詩人隱約含蓄之恨，詩人是寓情於景，借景抒情。

那詩人的“恨”又是甚麼呢？南唐中主李璟《攤破浣溪沙》詞中有“菡萏香銷翠葉殘，西風愁起綠波間”句，王國維曾贊嘆其“大有衆芳蕪穢，美人遲暮之感”。杜牧之恨亦可作此解。他不幸生於唐王朝的衰落時期，且夾在牛李黨爭之中，仕途偃蹇。杜牧受恩於牛黨首領牛僧孺，此次外放黃州，與不爲當時宰相李黨首領李德裕所喜有關。這一年他已經四十一歲，當年“兩枝仙桂一時芳”的佳話已成空談，空有滿腹才學、滿腔抱負，却無由施展，所謂“老冉冉其將至兮，恐修名之不立”（屈原《離騷》），所以在他的眼底筆下，連綠荷回首背風的姿態，仿佛也充滿了愁怨。

評解

清人王夫之說：“夫景以情合，情以景生，初不相離，唯意所適。”

（《薑齋詩話》）“情”和“景”是互相觸發而生的，詩人爲景所感，觸發了某種情感，意象也因而生成。杜牧筆底的落日烟柳，綠荷回風，既是即目所見之物，也是浸染了詩人情感的意象。這首詩情致傷感，優美含蓄，爲讀者展現了一幅色調柔和、情思蘊結的溪橋行吟圖。

登池州九峰樓寄張祜

百感衷來不自由，
角聲孤起夕陽樓。
碧山終日思無盡，
芳草何年恨即休。
睫在眼前長不見，
道非身外更何求？
誰人得似張公子，
千首詩輕萬户侯。

题解

本詩作於唐武宗會昌五年（845）池州刺史任上，杜牧時年四十三歲。池州治所在秋浦，今屬安徽省貴池。“九峰樓”，一作九華樓；張祜，字承吉，中唐著名詩人，有《張處士詩集》傳世。據唐人范攄《雲溪友議》記載，長慶年間白居易做杭州刺史時，張祜、徐凝慕名而至，都希望白居易推薦自己去長安應進士試。白居易試以詩賦，試畢，以徐凝爲首，張祜悒鬱而歸。後令狐楚曾向穆宗舉薦張祜，又遭元稹排抑，張祜遂以處士而終。據宋人王讜《唐

登池州九峰樓寄張祜 詩意圖　孫志卓 繪

語林》，杜牧曾經指責前輩詩人白居易“詩體舛雜”，二人有些矛盾。杜牧到秋浦，張祜從丹陽（今屬江蘇）寓地來看望他。二人遍游境內名勝，以詩會友，情誼甚洽。杜牧爲當年白居易置張祜於徐凝之下一事而不平，故作此詩褒揚張祜，也暗含著對自己沉淪下僚的不平之意。

【句解】

百感衷來不自由，角聲孤起夕陽樓

起句即抒發詩人的強烈感喟。“角聲”指畫角之聲；畫角是一種管樂器，發聲哀厲高亢，常用以報警戒嚴，在古典詩詞中一般用來營造凄寒悲楚的氣氛。而登樓憑欄這一意象在古詩詞中，也往往用來引起感慨愁鬱等。於夕陽西下時分登樓憑欄，黃昏蕭瑟之境中遠遠傳來畫角的悲咽，怎不使人愁腸百結？“孤起”二字突出角聲的凄絕，奪人心魄，無處可避；“不自由”三字點明詩人對張祜的惋惜同情之深，無法釋懷。先寫登臨的感慨，再寫黃昏登臨，詩人的感情仿佛迫不及待地噴薄而出，這種寫法頗具先聲奪人的藝術效果。

碧山終日思無盡，芳草何年恨即休

詩人放眼望去，青山一片，遠接天際，芳草無邊，碧色朦朦，不禁勾起感懷之情，如這青山、綠草一般綿延無邊。《楚辭·招隱士》中有“王孫游兮不歸，春草生兮萋萋”，以後芳草連綿的意象常被用來表現對友人的思念。而自《楚辭》多以芳草比賢人之後，芳草也常常成爲士人歸隱與高潔品行的象徵。這兩句暗示了詩人對張祜退隱不仕的贊賞，並爲下文“千首詩輕萬户侯”作好鋪墊。

睫在眼前長不見，道非身外更何求

詩人筆鋒一轉，對友人受到的不公正待遇提出批評。目不見睫，典出《史記·越王勾踐世家》“見豪毛而不見其睫也”，謂人雖能明察秋毫，却無法看到自己的睫毛。道不遠求，謂“道”本在自身日常言行之中，又何必到別處尋求？這兩句都暗寓對白居易等的不滿，指責他們無識人之明：張祜詩藝高超，近在眼前，爲何捨此而取彼？

誰人得似張公子，千首詩輕萬户侯

“誰人得似”，没有人像張祜一樣，極言張祜人品境界之高。“千首詩輕萬户侯”補足“誰人得似”句意，謂没有人能像張祜一樣，僅以詩作名世，即足以傲視王侯。唐陸龜蒙在《和過張祜處士丹陽故居》詩序中，稱張祜爲“才子之最”，“或薦之天子，書奏不下。亦受辟諸侯府，性狷介不容物，輒自劾去。以曲阿地古淡有南朝遺風，遂築室種植而家焉”。張祜恃才傲物，不肯取容於時，遂退守田里。在杜牧眼中，張祜是把詩歌看得比高官顯爵更重纔退守田里（這當然並不完全符合事實），有誰及得上他清高豁達的境界呢？

評解

杜牧於會昌四年（844）九月由黄州刺史遷爲池州刺史，次年張祜由丹陽赴池州探訪，兩人詩酒相交，甚爲契合。杜牧頗爲賞識張祜曾名噪一時的《宫詞》，對白居易、元稹等貶抑張祜之舉深抱不平，而且他對元白詩體向有微詞，故作此詩慰藉張祜，並借此抒發個人身世之感，表現自己蔑視權貴的孤高態度。張祜作《和杜牧之九華樓見寄》一詩以答杜牧：“孤城高柳鳴曉鴉，風簾半鈎清露華。九峰聚翠宿危檻，一夜孤光懸冷沙。出岸遠暉帆欲落，入溪寒影雁差斜。杜陵歸去春應早，莫厭青山謝朓家。”末二句應和了杜牧詩中所流露的棄軒冕而卧松林的想法。

這首詩起句倒曳，突出詩人對友人的深切懷想與不平之情，爲全詩定下惆悵感懷的基調。頸聯以反問的語氣進一步傾吐自己的感憤，末二句則對友人極口稱許。全詩大開大闔，結構嚴謹，風格俊邁拗峭，寄慨遥深。

九日齊山登高

江涵秋影雁初飛，
與客攜壺上翠微。
塵世難逢開口笑，
菊花須插滿頭歸。
但將酩酊酬佳節，
不用登臨恨落暉。
古往今來只如此，
牛山何必獨沾衣！

题解

本詩作於唐武宗會昌五年（845）重陽日，時杜牧在池州任上，年四十三歲。“九日”，舊曆九月九日；古代以九爲陽數之極，九月九日便稱“重九”或“重陽”。重陽節爲中國的傳統節日，魏晉以後，在這一天有登高飲酒、佩茱萸以驅邪的習俗。“齊山”，在今安徽省貴池東南，山上怪石嶙峋，洞穴幽深，巖壑秀峻，山脚下有清溪，由此北流數里入長江，是江南名勝之地。詩人在重陽節與友人張祜攜酒登齊山，賦此詩紀行兼感懷。全詩外示曠達而內含抑鬱，抒發了杜牧對自己遭時不遇的感慨。

九日齊山登高 詩意圖 徐震時 繪

【句解】

江涵秋影雁初飛，與客攜壺上翠微

重陽佳節，詩人與友人帶著酒，登上池州東南的齊山。“涵”，包容。“客”，指張祜。江南之山，山氣青翠縹緲，即所謂“翠微”。由高處下望，那縹青的山嵐，漫天的秋色，映在清澈的江水裹，愈顯得江天一色；山色也仿佛被洗過了一様，明净泓澄；一行秋雁南去，動靜相襯，使整個畫面充滿生氣。“涵”字用得很妙，凸顯出登高眺臨視角的宏闊。這兩句爲讀者展現了一幅清朗肅爽的秋日登高圖。

塵世難逢開口笑，菊花須插滿頭歸

在重陽佳節與友人攜手登高，本就令人愉悦；齊山優美的景色，更使詩人游興勃勃，暫時抛開了平日的抑鬱。塵世間難得有這様輕鬆愉快的時刻，應該在頭上插滿秋菊，盡興而歸。“開口笑”典出《莊子·盜跖》：“人上壽百歲，中壽八十，下壽六十，除病瘐、死喪、憂患，其中開口而笑者，一月之中不過四五日而已矣。”此聯語雖達觀而意含抑鬱。以“塵世”對“菊花”，開闔抑揚，有風人之致。

但將酩酊酬佳節，不用登臨恨落暉

此時游興甚濃，詩人不願去想塵世的不如意。“恨”，一作“怨”，又作“嘆”。好友爲伴，衹管斟起酒來，用酩酊酣醉來酬答這佳節美景吧，無須爲滿天落霞引動惆悵，嘆怨功業未立、時不我待。頸聯和頷聯故作曠達之語，抒寫了詩人的複雜心情。良辰、美景、賞心、樂事，賢主、嘉賓詩酒相交，此次登高游賞已可算得是事事兼具。然而插花縱飲的豪邁之舉，畢竟掩不住内心的隱憂抑鬱。這兩句既是對友人的勸慰，也是對自己的寬解。杜牧和張祜一爲遠州刺史，一爲失意處士，皆聲名遠播而懷才不遇，不免同病相憐。

古往今來只如此，牛山何必獨沾衣

“牛山”，在今山東淄博。據《晏子春秋》所述，春秋時，齊景公游於牛山，北望齊國國都臨淄而流淚道：“若何滂滂去此而死乎！”感嘆人生無常，榮華不能久葆。詩人身在齊山，聯想到齊景公的牛山墜淚，不禁慨嘆：古往今來，登臨之士每每爲人生短暫而悲，非獨自己；既然如此，又何必像齊景公那様悲傷垂淚呢？言外之意是不如及時行樂，曠達游賞。

評解

杜牧在大中五年（851）作湖州刺史時，曾回憶會昌年間在黃州、池州當刺史的情形："牧實忝幸，亦在遣中。黃岡大澤，葭葦之場，繼來池陽，西在孤島。"（《祭周相公文》）所謂"在遣中"，當指他因與牛僧孺交厚而被李德裕排擠外放；"大澤""孤島"則含有對任所過於偏遠的牢騷埋怨。聯繫到這些，就不難理解杜牧在這首詩中表現出來的懊鬱不平了。正因爲難以曠達，無從開釋，他纔要故作曠達。

在高秋暢游之時，詩人既因良辰美景、摯友佳釀而感到振奮愉快，又時時不忘自己與張祜同樣偃蹇不遇的處境。"塵世難逢開口笑""不用登臨恨落暉""牛山何必獨沾衣"等都是寬解之詞，宣示了詩人曠達之中的懊怨。暫且酩酊，暫且寄情山水自然，是因爲平日不能如此忘情；平日的抑鬱不舒，自然不言而明。全詩外示曠達而內含抑鬱，夾敘夾議，反複寬慰自己而愁情依然欲遣還來，這使詩歌顯出一種既豪爽超邁而又凄惻深沉的風味。

將赴吳興登樂游原一絕

清時有味是無能，
閑愛孤雲静愛僧。
欲把一麾江海去，
樂游原上望昭陵。

题解

唐宣宗大中四年（850）秋，杜牧由吏部員外郎出任湖州（即吴興，今浙江湖州）刺史，時年四十八歲。離開長安前他登樂游原游覽，並賦此詩。樂游原在長安城南，西漢宣帝建樂游苑於此，故名。其地“居京城之最高，四望寬敞，京城之内，俯視諸掌”（《長安志》），唐時爲登臨游覽勝地。

將赴吳興登樂游原一絕　詩意圖　王興華 繪

【句解】

清時有味是無能，閑愛孤雲靜愛僧

“清時”，政治清平之世。生當清平之世，本該大有作爲，但如我這般無才無能之人，衹好品味閑靜情趣，賞玩無心出岫的孤雲、方外僧居的幽靜。這是反言見意的寫法，不無微諷無奈之情。大中三年，原先被吐蕃占領的秦、原、安樂三州及石門等七關的人民起義歸附唐朝；八月，河、隴諸州老幼千餘人來到長安，宣宗在皇城東北延喜門樓接見，歸者脱掉胡服，换上漢族衣冠。這被看成象徵太平盛世的大事。然而，當時朝中宦官擅權，中央和藩鎮及少數民族政權之間都有爭鬥，遠遠不能算是“清時”。杜牧自己淹通文史，胸懷韜略，頗具政治、軍事才能，生當多事之秋，更渴望爲國家作出貢獻；然而他衹能在京城裏任吏部員外郎，投閑置散，無法施展抱負，因此屢次上書請求外放。這裏説自己“無能”，顯然是牢騷不平的反話。以反語起句，語帶自嘲，正見得詩人懊怨之深。生當亂世，徒有才華與抱負，在京城這樣的政治中心却衹能品玩有如孤雲與僧寺般幽僻的閑靜趣味，這一“愛”字，其實更點明了詩人深刻的無奈。

欲把一麾江海去，樂游原上望昭陵

“麾”，旌麾，古代把出任地方郡守稱作“建麾”；“江海”，謂湖州，因其地近太湖與長江，去東海不遠，故以“江海”指代。江湖、江海也常用來指代遠離朝廷的地方，或指代退隱。此處兩層意思兼具，既説自己將赴湖州上任，也暗示從此遠離政治中心。“昭陵”，唐太宗的陵墓，在今陝西醴泉九嵕山。樂游原地勢高敞，故可以遥望西北方向的昭陵。詩人想到遠離朝廷的江海之地去過一種瀟灑自在的生活，但登上樂游古原，遠望太宗陵墓，又勾起滿懷心事。

末句是全詩的點睛之處，又是一個開放性的結句。詩人的心事是甚麽？這裏没有明説，留給讀者去想象。樂游原是唐詩中經常出現的意象，往往和今昔盛衰之感、懷古傷今之慨相聯繫。杜牧另有一首《登樂游原》也説“長空澹澹孤鳥没，萬古銷沉向此中”。離京前最後一次登臨樂游原，本已滿懷感慨，而“望昭陵”更讓詩人心情複雜。唐太宗是一代明君，知人善任，從諫如流。古往今來的賢士大夫莫不冀望得遇明主，此時正是國家多事之秋，滿腹才華、滿腔熱情的詩人却不得不離開京城，遠去江海，臨行前望向昭陵時，心中會有多少嚮往，多少惆悵，又有多少無奈，多少不甘！詩人没有明言心事，戛然而止，留給讀者無窮的回味。

評解

這首詩以登樂游原起興，短短二十八字，含蘊深遠，可謂“言已盡而意無窮”。起句中的“清時”“無能”以反語表達詩人的不平之意，更見效果。孤雲僧寺、閑情逸致向爲文人所愛，而詩人“愛”之，却是因投置閑散而不得不然。如此處境，稽留長安已經没有意義，衹有遠離這個傷心地。詩人欲遠遁江海，臨行前登樂游原，縱目西望昭陵之時，油然而生對貞觀盛世的懷想、對前世明君的追思，這其實暗示了對當今昏主的不滿。雖然詩人一肚子牢騷不平，但表現在詩中，仍顯得怨而不怒、哀而不傷，點到即止，餘味無窮。

沈下賢

斯人清唱何人和？
草徑苔蕪不可尋。
一夕小敷山下夢，
水如環佩月如襟。

题解

本詩作於唐宣宗大中五年（851），杜牧時任湖州刺史，四十九歲。沈下賢，即沈亞之，字下賢，吳興（今浙江湖州）人，生卒年不詳。沈是元和八年（815）進士，歷任秘書省正字、櫟陽令、殿中侍御史內供奉等職。大和初，柏耆宣慰德州，召沈爲判官。柏耆得罪貶官後，沈亦受牽連，貶南康尉，後於郢州掾任內去世。沈詩文俱佳，曾游韓愈門下，又善作傳奇小說，在當時頗負盛名，李賀、李商隱等對他都很推崇。但這位才人一生鬱鬱不得志，沉淪下僚。杜牧這首詩表達了對沈亞之的景慕與同情。

沈下賢 詩意圖 蕭玉田 繪

【句解】

斯人清唱何人和？草徑苔蕪不可尋

全詩以設問起句，用筆空靈，抒發了尋訪前賢足迹時的惆悵與感嘆。“斯人”，指沈亞之；“清唱”，指沈的詩歌，“清”字贊美沈詩的風調清雅，迥異時人；“和”，以聲相應。這句稱贊沈亞之詩歌格調清逸，當世無與比肩，深慨其不爲流俗所重，未得知音。

沈亞之落拓不遇，其生平事迹史無所載，無從查考。杜牧任湖州刺史時，這位“吴興才人”的舊居已是荒草漫徑，青苔上階，淹没在一片荒凉之中。“清唱”既無人和，憑弔又不可得，而徒見此荒凉景象，令人感慨。

一夕小敷山下夢，水如環佩月如襟

“小敷山”，又叫福山，在今湖州烏程西南，爲沈亞之故居所在。“環佩”，佩玉。沈亞之的遺迹雖不可尋，詩人的懷想追慕之情却仍難消釋。他恍惚入夢，夢中來到沈氏故居小敷山，衹聞水聲叮叮，衹見月色如洗。環佩與月色，從聽覺與視覺兩個角度描寫夢境，但又不是單純地狀聲繪色。這夢境清寥高潔，有豐富的象徵意藴。玉在古代象徵美好的品性，《禮記》稱“古之君子必佩玉”，“君子於玉比德”。淙淙清泉叮叮鳴響，有如環佩相擊，環佩使人聯想到沈亞之的美好德行。月色皎潔如洗，又似乎是沈亞之修潔的衣飾。屈原在《離騷》中，常以香草瓊佩、高冠奇服來象徵自己美好的品行；在這裏，月色也象徵著沈氏皎潔的襟懷。“水如環佩月如襟”，爲人們描畫出一個孤潔的詩魂。

評解

沈亞之雖文名早著，但終生沉淪下僚，懷才不遇，以至於連生卒年都無從查考。生前既那樣落寞，身後又如此凄凉，這是才士最大的悲劇。杜牧湖州之任也屬外放，這位當地前輩詩人的遭遇引發了他的共鳴。這是一首懷人詩，但通篇没有從正面對沈亞之進行具體描寫，而是通過贊賞其詩歌創作，感嘆其身前身後的寂寞，從而表現對其詩格與人格的傾慕，並藉以抒發自己的牢落不遇之感。以尋迹憑弔、遍尋不獲而夢至其故鄉這條線索來組織詩歌，突出了惆悵與嘆惜之感，宛轉關情。末句“水如環佩月如襟”，以“環佩”與“月”回環設喻，反複致意，融比興象徵爲一體，營造出皎潔清幽的意境，也勾勒出沈亞之美好矜重的情操與高潔孤清的形象。此詩寫得空靈蘊藉，風致綽約，堪稱詠人佳作。

過華清宮絶句

其一

長安回望繡成堆，
山頂千門次第開。
一騎紅塵妃子笑，
無人知是荔枝來。

其二

新豐綠樹起黄埃，
數騎漁陽探使回。
霓裳一曲千峰上，
舞破中原始下來。

题解

華清宫在今陝西臨潼城南驪山上，其地有溫泉。唐貞觀十八年（644），唐太宗在此營建宫殿，賜名湯泉宫。天寶六載（747）再行擴建，改名華清宫；當時這裏臺殿環列，盛況空前，玄宗和楊貴妃常常游幸。杜牧經過驪山華清宫時，有感於玄宗荒淫誤國而作《過華清宫絶句》三首。這裏選的是其

過華清宮絕句（二首）詩意圖　華三川繪

中的第一首和第二首。第一首選取飛騎從嶺南遞送荔枝到華清宮這一典型事件，委婉地諷刺玄宗與楊貴妃驕奢淫逸的生活，有以微見著的藝術效果。後代許多文人寫過以華清宮爲主題的詠史作品，以杜牧這首絶句最爲傳誦。第二首則以渾厚的筆力，凝“安史之亂”於幾個典型的場景之中，統括了朝臣貪暗、君上昏庸、美色誤國等幾方面內容，並以誇張的手法揭示了統治者醉生夢死、蒙昧貪歡的生活與這場令生民塗炭、國事危殆的戰亂之間的關係，寓意深刻而表現含蓄。

【句解】

其一

長安回望繡成堆，山頂千門次第開

首句敘寫詩人在長安回首南望華清宮時所見的景色。“繡成堆”，指驪山兩側的東繡嶺和西繡嶺。玄宗時，嶺上廣植林木花卉，望去宛如錦繡，故名繡嶺。“繡成堆”語義雙關，既點出了地名，又形容驪山美不勝收的風景。那裏佳木蔥蘢，花繁葉茂，又有無數富麗堂皇的建築掩映其間，確實宛如一堆堆錦繡。“回望”的視角擴大了這一畫面的表現範圍，爲讀者展現了驪山全景，氣勢宏闊，並自然引入下句。

“千門”，極寫驪山行宮崇門峻宇之富。“次第”二字給人以質地上和速度上的持重感。皇家殿宇之門極厚極重，開啓時也必是緩慢而凝重的；而山上建築極多，要到達山頂玄宗與貴妃所在的正殿，必須一層層逐漸通報。“山頂千門次第開”，既描摹出驪山行宮建築群的雄偉壯麗，也表現了帝王的莊嚴法度，氣勢恢宏。平日緊閉的宮門爲何一道接著一道緩緩地打開了呢？這裏留下一個懸念。

一騎紅塵妃子笑，無人知是荔枝來

一名驛使騎著駿馬風馳電掣般疾奔而來，揚起一路烟塵；而行宮內美麗的妃子則展顏歡笑。這兩組景象貌似互不相關，但詩人將其安排在一句中，却蘊有深意，暗示其中有某種因果關係。到底是甚麼關係呢？結句含蓄地予以揭示：原來飛馳的驛騎是專門來給妃子送荔枝的。走筆至此，前面的疑問得到了解答，詩中鋪排的幾組鏡頭也自然而然聯成一體：宮門爲荔枝而開，飛騎因荔枝而來，妃子爲荔枝而笑。

據《新唐書·楊貴妃傳》，“妃嗜荔枝，必欲生致之，乃置騎傳送，走數千里，味未變，已至京師”。楊貴妃很喜歡吃荔枝，但荔枝衹生於南方，而且一定要新鮮的纔好吃。唐玄宗寵愛楊貴妃，便命人專司其事，不遠千里，設飛驛傳送荔枝入京。爲保持荔枝色味不變，州縣以郵傳疾走，踐踏農田，甚而至於人馬累極，僵斃於道，百姓深爲所苦。本詩截取這一歷史事實，對玄宗與楊貴妃加以諷刺批評。

“妃子笑”三字還有另外一層含義。春秋時周幽王爲博褒姒一笑，點燃烽火戲弄諸侯，終致國破身亡。安史之亂的爆發亦與楊貴妃有關，並導致唐王朝元氣大傷；玄宗逃往四川時，唐軍曾因楊貴妃等未受懲處而在馬嵬停而不發進行抗議。送荔枝之事，衹爲滿足貴妃一點點口腹之欲，博其淺淺一笑，便令人不遠千里，勞民傷財。因沉湎美色而荒淫誤國，唐玄宗與周幽王何其相像！詩人用“妃子笑”這一意味深長的意象，含蓄地批評了玄宗的荒唐失政。“無人知”三字也寓有諷諫之意。飛騎揚塵馳向行宮，重重宮門爲之大開，人們會誤以爲必定是使者來傳送緊急公文，誰能想到他衹是給君王的寵妃送來區區幾束新鮮荔枝呢？這種強烈的反差，使詩歌的藝術效果更爲突出，却又語帶婉轉，含而不露。

在杜牧生活的時代，唐敬宗也曾大造宮室，過著縱情聲色的荒唐生活。詩人詠嘆天寶軼事，其實也是在含蓄地規諷當今君主要吸取前車之鑒，不要因貪圖享樂而延誤國事。

其二

新豐綠樹起黃埃，數騎漁陽探使回

唐玄宗時，安祿山兼任平盧、范陽、河東三鎮節度使，手握重兵，伺機謀反。但玄宗對他十分寵信，太子和宰相楊國忠等屢屢啓奏，玄宗纔派宦官璆琳以賞賜爲名去范陽打探虛實。接受厚賂的璆琳回來後盛贊安祿山的忠心，玄宗信以爲真，駁回楊國忠等的啓奏，從此更加高枕無憂，恣情享樂。

此詩前兩句采用倒置的寫法，先是遠遠望見新豐的綠樹下塵埃滾滾，引起讀者的疑問；再說明這是璆琳一行從漁陽經由新豐飛馬轉回長安的情景。“新豐”，縣名，在今陝西臨潼東北，與驪山相去不遠。“漁陽”，郡名，治所在今北京密雲西南，這裏借指安祿山所守的幽州。快馬絶塵，黃埃滾滾，形象地表現了璆琳的飛揚跋扈，及其中飽私囊而置國家利益於不顧的專橫絶情。“數騎”一詞也別有深意：如此重要的國事，竟委決於區區一名宦官及幾名隨從。君王處事草率，臣下言路壅塞，天下怎能不亂？

霓裳一曲千峰上，舞破中原始下來

“霓裳一曲”，指《霓裳羽衣曲》，唐玄宗開元時所造，楊貴妃跳舞曾用此曲。後人常以此曲指代唐玄宗與楊貴妃逸樂亡國之事，如白居易《長恨歌》：“緩歌慢舞凝絲竹，盡日君王看不足。漁陽鼙鼓動地來，驚破《霓裳羽衣曲》。”杜牧這兩句表達更爲含蓄凝煉，感情更爲沉痛。國家幾遭覆亡之亂，人民流離失所，大批百姓慘遭屠殺，無數戰士戰死疆場，唐王朝遭到沉重打擊，整個社會近於崩潰，這中原之“破”，自然不可能因“舞”而起。但兩者又確有密切的內在關係。絲竹管弦、輕歌曼舞雖不能直接“舞破”中原，中原之“破”却實實在在是由統治者沉湎於歌舞逸樂而造成。將驪山頂上的歌舞逸樂與中原之凋敝殘破兩相對照，怎不令人觸目驚心！

“舞破中原始下來”之“始”字，意味深遠，有千鈞之力。據《資治通鑑》記載，玄宗對安祿山深信不疑，天寶十四載（755）十一月，安祿山兵發范陽，一路勢如破竹。前方消息頻傳，玄宗“猶以爲惡祿山者詐爲之，未之信也”，其昏庸不明至如此地步。沿途州縣之“破”還不足以使玄宗警醒，直到安祿山攻破潼關，逼近長安，纔把玄宗從太平盛世的夢中驚醒，讓他由溫柔華靡的“千峰”跌回人間，倉皇應變，狼狽出逃。

前兩句與後兩句所表現的內容相對獨立，表面看彷佛沒有必然聯繫。但細細尋味，便知詩人用意之深：正是跋扈自私的“探使”假傳消息，千峰上的“霓裳”舞方纔心安理得地繼續；直至戰火燃至中原腹地，唐玄宗纔如夢方醒。安史之亂前玄宗已長期不上朝，把國事委托給李林甫、楊國忠等輩，朝政混亂黑暗。正是由於君上昏庸、朝臣貪酷、美色誤人，纔導致安史之亂的爆發，唐王朝由開元盛世逐漸走向衰敗。這首絕句將昏君、佞臣與美人一齊納入諷刺與批判的範圍，銜接自然，以極儉省的筆墨概括了一場重大的歷史事變，並深刻揭示事變發生的原因，筆力極爲老辣。

評解

《過華清宮絶句》第一首的藝術魅力在於含蓄。全詩没有正面描寫玄宗荒淫誤國，“妃子笑”也僅僅是刻畫貴妃見荔枝而欣喜的表情，没有著意表現她如何恃寵而驕。但這“千門”開得如此有條不紊，貴妃這一笑如此怡然，委婉地暗示飛騎遞送荔枝是很平常的事；至於馬踏莊田、死者相望，根本不在玄宗和貴妃的意中。有這樣昏庸冷酷的君主，國運怎麼能够持久？行文至此，箴刺之意已宛然可見。此詩語句精警，不事雕琢，而寓意精深，含蓄有力，是唐人詠史絶句中的佳作。

杜牧的詠史詩每有驚人之語。在《過華清宮絶句》第二首中，詩人將強烈的憤慨之情與鞭撻之意融於短短二十八個字中，而絶不見峭刻激烈的詞句，全詩寫得含蓄宛轉，意味深長。限於篇幅，詩人没有細述安史之亂發生的種種情形，而是選取“漁陽探使回”及驪山歌舞這樣兩個典型情節，總結戰亂的原因。統治者一味沉浸於聲色之歡，任人不明，聽任佞臣把持朝政，堵塞言路，終於釀成戰亂，導致國土殘破，生靈塗炭。“舞破中原”一句以千鈞之筆力，將統治者的醉生夢死及由此造成的嚴重後果聯繫起來，對比鮮明，觸目驚心，有力地烘托了主題。深刻的思想內容與完美的表現手法，使這一句詩成爲膾炙人口的名句。

長安秋望

樓倚霜樹外，
鏡天無一毫。
南山與秋色，
氣勢兩相高。

题解

這首詩描寫長安周邊秋高氣爽的景色，同時也表現了詩人高蹈絶俗、明净開闊的襟懷。

長安秋望 詩意圖 甘雨辰 繪

【句解】

樓倚霜樹外，鏡天無一毫

首句點明詩人“秋望”的地點。“倚”，倚立，並立；“霜樹”，指秋天經霜後的樹，樹葉多半已變得深紅或黃落，益發挺拔，有一種肅爽的氣息。樓閣高聳，碧樹經霜，詩人身在高樓，倚欄遠眺，唯見秋空澄澈，有如明鏡一般，没有一絲雲翳。樓閣之高與秋樹之高相倚相襯，唯有站在如此高樓之上，方能縱覽長安周遭的風景。面對這一派秋日高遠寥廓的景物，詩人吟嘯自如的形象、澄肅超拔的襟懷也已躍然紙上。

南山與秋色，氣勢兩相高

詩人登樓遠望，看到明净天空下的終南山。“南山”，即終南山，在長安之南。將“南山”和“秋色”相比，是說南山挺拔高峻的氣勢，與明朗無際的秋色兩相襯托，顯得益發清肅，引人嘯吟之興。

南山是具體的，有形的，而“秋色”却是抽象的，難以形容的。秋色存在於秋天的所有景物裏。而且不同的觀者對秋天也有不同的感受，有的取其明净澄潔，有的覺其落寞窘迫，有的愛其高朗肅爽。在這首詩中，杜牧以高遠寥闊爲秋天的特質。南山之“色”與秋色之“高”，都是很難形容的特質。秋山是甚麼顏色？宋人郭熙《林泉高致》說“秋山明净而如妝”，然而明净又是甚麼樣的呢？由“霜樹”可知，此時長安城内的樹木已然經霜了，則深山中樹葉應該更爲凋落。北方的秋山，山色該會是甚麼樣的呢？這南山之“色”與秋色之“高”，都很難形容，很難言傳。面對這種情形，詩歌特有的以實托虛手法，便成爲有效的藝術手段。澄净高遠的碧空之下，南山與秋色兩相映襯，讀者不但能具體地感受到“秋色”之“高”，而且還能領悟到它的氣勢與精神。詩人望中的南山與秋色仿佛在一比高下，這又將南山與秋色都擬人化了，詩顯得生動活潑，別具情趣，無怪乎被宋人譽爲“警絶”之作。

評解

晚唐詩往往傷於柔媚綺艷，缺乏清剛的氣骨。杜牧這首寫景五絶意境高遠，氣勢遒健，獨拔於流俗之外。秋天的氣候乾燥，陽光明媚，天空澄藍；

物體在明凈的空氣中顯得輪廓分明，一切都仿佛更寥闊，更深邃。這首詩通過對天色、山色與秋色的描寫，很好地體現了秋天的這一特點。這首詩的好處還在於把天色、山色、秋色與詩人的精神融爲一體，在寫出長安遠眺所見高秋景色的同時，也刻畫了詩人的精神風貌。那明凈高遠的秋色，實際上也正是詩人明朗超邁襟懷的象徵與外化。

潤州（其一）

向吴亭東千里秋，
放歌曾作昔年游。
青苔寺裏無馬迹，
綠水橋邊多酒樓。
大抵南朝皆曠達，
可憐東晉最風流。
月明更想桓伊在，
一笛聞吹出塞愁。

题解

詩人以《潤州》爲題的詩共二首，這是其中第一首，爲登高懷古之作。潤州治所在今江蘇鎮江。詩人於清秋時節登上潤州向吴亭，回憶自己往年曾暢游於此，又遥想南朝清談名士曠達風流之態，今昔之感觸發了詩人的懷古幽情，無限感慨而作此詩。全詩縱横開闔，轉换自如，意長而韻遠。

潤州（其一）詩意圖　楊來春 繪

【句解】

向吳亭東千里秋，放歌曾作昔年游

"千里秋"三字籠罩全篇，起勢恢弘。詩人登上向吳亭，極目東望，但見一片無邊秋色，混水接天。面對如此壯觀混茫的秋色，詩人不禁想到自己往年曾暢游這一帶地方。"向吳亭"，在今江蘇省丹陽南。大和七年（833），杜牧常往來於京口（今鎮江）、揚州，那時他初入牛僧孺幕，正是放浪冶游之時。詩人的萬般思緒，便由登臨憶昔所觸發。"放歌"二字，突出詩人昔日壯游時的酣歌盡興、意氣風發，而"曾作昔年游"則暗示今日的他已風華不再。高昂恢闊的起調中，已蘊含傷感之意。

青苔寺裏無馬迹，綠水橋邊多酒樓

頷聯繼續寫昔年壯游之事。詩人當年在這一帶，或至荒凉古寺尋覓古迹，或去橋邊酒樓歡飲買醉。"青苔寺"，謂古寺人迹罕至，青苔遍布。這一聯對仗工整，先寫古寺的闃無人迹，寂寥荒凉，再寫繁華熱鬧的水邊酒樓。一靜一動、一古一新的鮮明對比，也暗示潤州飽經人世的滄桑變化。由此自然地引入下一聯的懷古思緒。

大抵南朝皆曠達，可憐東晉最風流

"可憐"，可愛、可羡慕之意。潤州係東晉、南朝時的重鎮，地位極其重要，也流傳過許多佳話。魏晉名士多好老莊，尚清談，曠達自適，蔑視禮法，此風延及東晉、南朝，《世說新語》等載之甚詳。這兩句說南朝多豁達開朗之士，東晉皆倜儻風流之人，其流風餘韻，至今不息。表面似贊嘆，實則蘊有深沉的感慨。這些風流人物在當時固是榮耀一方，但在歷史的舞台上，仍不過是匆匆過客而已。今日古寺猶存，而斯人已杳，怎不令人嘆惋。

月明更想桓伊在，一笛聞吹出塞愁

詩人憑欄良久，不知不覺中，已經暮色蒼茫，明月高昇。"月明"表明時間的推移，以見沉思之久。詩人懷古思今，益發覺得愁緒難遣。這時傳來動人的笛聲，那一曲《出塞》，引動愁思，仿佛是當年桓伊在吹奏一樣。桓尹，東晉人，豫州刺史，曾參與指揮淝水之戰。他笛子吹得極好，時人稱其"盡一時之妙，爲江左第一"。"出塞"，漢橫吹曲名，風調悲沉。據《晉書》記載，有一個叫劉疇的人遭遇許多胡人，欲加害於他。他面無懼色，援笳而吹《出塞》《入塞》曲，引動胡人鄉愁客思，於是群胡皆垂泣而去。《出塞》曲悲愴低沉，特別容易引動客子的鄉關之思。此二句直承頸聯對風流人物的湮滅之慨而來，所以詩人想到桓伊，借桓伊的笛聲來宛轉傳達心中的無限悲慨。秋夜月明，笛聲悠怨，一個“愁”字總括全篇登高臨遠、懷古傷今的思緒，情感低迴，意境凄清。

評解

杜牧早年在揚州的生活放浪狂誕，不拘形迹。後來他回憶這段生活時，有很多反思和感慨，如本書所收的《遣懷》。此詩寫杜牧再游江南，回憶當年遍游潤州、揚州一帶，感喟良多。對自己往昔的追憶與對潤州這一歷史名城的懷想交織在一起，由個人的不得志聯想到更永恒的對人生無常的感慨。全詩在時空和感情的表達上跳躍性極大，揮灑自如，縱恣不拘，結尾通收於“愁”字，意長韻遠，餘味無窮。前人評杜牧的詩“氣俊思活”，於此可見一斑。

江南春絕句

千里鶯啼綠映紅，
水村山郭酒旗風。
南朝四百八十寺，
多少樓臺烟雨中。

题解

這首《江南春》寫景如畫，是流傳千古的名篇。短短四句，既寫出千里江南的錦繡春光，也寫出它深邃的歷史感，寫景中又寓有今昔盛衰的慨嘆。

江南春絶句 詩意圖 孫文鐸 繪

【句解】

千里鶯啼綠映紅，水村山郭酒旗風

春到南國大地，耳中傳來鶯啼婉轉，望中則見花草葱蘢，怡紅快綠。山鄉水村春意盎然，色彩明麗的酒旗迎風招展，一切都充滿了勃勃生機。首聯十四字，不僅有春鶯、春花、春草、春水、春山、春風等春天的景物，而且聲、色、動、靜兼備，思致清新活潑。寫酒旗迎風招展，更增添了萬物欣悦、歡快迎人的生動氣氛。

關於這首詩，有一個很有意思的争論。明代楊慎在《升庵詩話》中認爲“千里”過於誇張，他説：“千里鶯啼，誰人聽得？千里綠映紅，誰人見得？若作十里，則鶯啼綠紅之景，村郭、樓臺、僧寺、酒旗，皆在其中矣。”對此後人紛紛提出不同意見，清何文焕在《歷代詩話考索》中駁斥道：“即作十里，亦未必盡聽得著，看得見。題云《江南春》，江南方廣千里，千里之中，鶯啼而綠映焉，水村山郭無處無酒旗，四百八十寺樓臺多在烟雨中也。此詩之意既廣，不得專指一處，故總而命曰《江南春》。詩家善立題者也。”何文焕的説法是對的，而且聯繫下文，十里之内又如何容得下“四百八十寺”？楊慎認爲“千里”之説有問題，並擅改爲“十里”，其實他質疑的地方反而是這首詩寫得出色的地方。舉“千里”以概言江南之春，氣勢宏闊，而春色無處不在，更加烘托出萬物欣悦的氣氛。如果不用“千里”二字，這首詩反而要減色了。

南朝四百八十寺，多少樓臺烟雨中

江南地廣千里，春天時晴晦不定也是常事。這兩句即轉而寫江南春雨中所見的景象。“南朝”，指立國南方、建都建康（今江蘇南京）的宋、齊、梁、陳四朝。南北朝時期，由於統治者崇佛，佛教極爲盛行。《南史·郭祖深傳》記録當時的寺院之盛：“都下佛寺五百餘所，窮極宏麗。僧尼十餘萬，資産豐沃。所在郡縣，不可勝言。”詩中稱“四百八十寺”，是指約數而言。南朝時期建立的衆多寺廟，如今仍留有許多樓臺，靜靜矗立在濛濛的江南春雨中。“烟雨”，指雨霧極細，望去好似輕烟連成一片。金碧輝煌、殿宇重重的佛寺，本就給人威嚴深邃之感，而它們籠罩在烟雨之中，更爲畫面增添了朦朧的色調。這兩句所描寫的景色，與前兩句明媚絢麗的春景又不同，使得這幅“江南春”圖畫更爲豐富完整。

這兩句是寫景之語，細細玩味，其中别有深意。宋朝張表臣在《珊瑚鉤詩話》中指出，營造如此多的寺廟，勞民傷財，這兩句詩即寓有對統治者過於奢侈的諷刺。這樣理解，當然也可以；不過，杜牧詩中所寄寓的感慨，並不見得一定要落實到諷刺"奢侈"上去。詩人的感慨有更豐富的内容。南京爲六朝金粉之地，當時它的富庶繁華無處可比，帝都寺院重重，富麗已極。然而佞佛求福並未能使帝祚久長，南朝政權依然頻繁更迭。而今還有多少見證往昔繁華的遺迹，會像寺宇樓臺那樣仍立於烟雨之中呢？"多少"二字，寓今昔盛衰之慨，語曲意婉，藴藉有致，爲這首寫景詩增添了沉甸甸的歷史内容。

評解

杜牧的七絶在唐代堪稱大手筆，清人吴喬在《圍爐詩話》中稱他"惟絶句最多風調"，對其絶句的藝術成就給予高度評價。這首《江南春絶句》，短短二十八字，便爲讀者勾畫出一幅廣闊壯麗、美不勝收的江南春色圖。全詩展現的内容極其豐富，有明媚春光中的花鳥山水，也有濛濛春雨中的廟宇亭臺，可謂聲、色、動、静、陰、晴兼備，既是對江南春色的欣賞與禮贊，也藴有對今昔盛衰的歷史感喟。此詩語句精警，情采兼勝，實爲不可多得的佳作。

泊秦淮

烟籠寒水月籠沙，
夜泊秦淮近酒家。
商女不知亡國恨，
隔江猶唱《後庭花》。

题解

“秦淮”，指秦淮河，在今江蘇南京，源出於今江蘇溧水，橫貫南京全城，向西北流入長江。這首詩描寫秦淮河夜景，通過遠遠傳來的《後庭花》這支曲子，把對歷史的感嘆與對現實的思考結合在一起，表達對於晚唐局勢的隱憂和對世人無知的憤慨，感懷深沉而婉曲。清人沈德潛在《唐詩別裁集》中稱此詩爲“絶唱”。

泊秦淮 詩意圖 馬泉 繪

【句解】

烟籠寒水月籠沙，夜泊秦淮近酒家

起句描繪秦淮河上烟水迷離、月照白沙的景色，宛如一幅寧靜柔和的風景畫。夜色輕寒，水氣氤氳，仿佛給秦淮河籠上了一層薄薄烟靄。水光瀲灩，靜靜映著天上皎潔的明月，月光映照在河灘邊的細沙上，一片微白的反光，使人不禁聯想起“空裏流霜不覺飛，汀上白沙看不見”（張若虛《春江花月夜》）的情韻。兩個“籠”字，把烟、水、月、沙和諧地融合在一起，傳神地描摹出月夜水畔淡雅清冷的色調。

“夜泊秦淮近酒家”點出詩人觀察的角度。他在河岸上靠近酒家的地方停泊，在船上看到“烟籠寒水月籠沙”的秦淮夜色。秦淮河兩岸酒家林立，是當時貴族、官僚和士大夫享樂游宴的場所。秦淮河繁華熱鬧，而詩人與其距離之“近”，更反襯出全詩清冷的氣氛。他並沒有投身於這繁華，而是在近旁靜靜審視、諦聽，在華燈高上的熱鬧時分，看到這六朝金粉地、花柳繁華鄉清冷凄清的一面。

這兩句的寫法類似《過華清宮絶句》中的“新豐綠樹起黄埃，數騎漁陽探使回”，也采用倒置句法。假使按因果邏輯换爲“夜泊秦淮近酒家，烟籠寒水月籠沙”，意思雖然一樣，但是詩的韻味就大大減損了。作詩“發句好尤難得”（嚴羽《滄浪詩話》），以蘊含情思的整體畫面先聲奪人，再交待這幅畫面的時間地點，往往具有更突出的藝術效果。

商女不知亡國恨，隔江猶唱《後庭花》

詩人泊舟止息，隱隱聽得水面上傳來一陣歌聲，仔細聽去，原來是岸上的酒家或遠處舟裏傳來的歌女的歌聲，唱的是《玉樹後庭花》這支曲子。“商女”，即歌女。《後庭花》，即《玉樹後庭花》，爲南朝亡國之君陳後主所作，曲調柔艷輕靡。陳後主名叔寶，善於度曲製樂，常以宫體詩中尤爲艷麗者配上樂曲，選宫女千餘人習而歌之，君臣酣飲觀賞，自夕達旦，習以爲常，終至國家覆亡。這首曲子後來便成爲亡國之音的代名詞。

這兩句詩包含著無限感慨。金陵爲陳朝國都，歌女在這亡國舊都，若無其事地吟唱《玉樹後庭花》，既引起人們對陳代亡國悲劇的追憶，又爲國勢衰弱的晚唐染上了凄凉的色調，從而引發人們從陳代的覆亡聯想到江河日下的晚唐的命運，跟詩人一樣感到强烈的擔憂。歌女衹是爲人而歌，她們唱甚麼，是由聽者的趣味而定。“商女不知亡國恨”其實是曲筆，真正“不知亡國恨”的，不正是那座中的欣賞者麼？唐王朝已經衰落到如此地步，而達官顯貴們竟不以國事爲懷，依然沉湎於柔靡的聲色享受，用《玉樹後庭花》這種亡國之音來尋歡作樂。詩人明寫“商女不知”，其實是暗刺當局者不知、世人不警醒。詩人把諷刺的矛頭直指那些身負天下安危，却衹知醉生夢死的達官貴人，也就是封建社會所謂棟梁之士；他諷刺的鋒芒也旁及一般世人，他們何嘗不是陷於如此的麻木狀態中呢？

當年隋軍陳師江北，一江之隔的南朝小朝廷危在旦夕，而陳後主依然沉湎聲色。“隔江猶唱”四字，微妙而自然地將歷史、現實及對未來的想象聯結在一起，意味深長。“不知”和“猶唱”，表達了詩人最沉痛的隱憂，也蘊含著對世道人心的憤慨。

評解

秦淮河貫穿而過的金陵，歷史上爲六朝之都，曾經盛極一時，所謂“江南佳麗地，金陵帝王州”（南齊謝朓《入朝曲》）。然而這些王朝都在不長的時間內相繼覆滅，金陵遂成爲帝王耽於荒淫逸樂導致亡國的歷史見證。文人墨客每每爲此發出感嘆，以金陵爲題材的詠史懷古作品很多，如劉禹錫的《金陵五題》《金陵懷古》等，後者有云：“興廢由人事，山川空地形。後庭花一曲，幽怨不堪聽。”在這些作品中，杜牧這首絕句特點極爲鮮明。詩中描寫秦淮河的夜色，背景淒清優美，從遠遠傳來《後庭花》的歌聲切入，曲意傳情，含蓄婉轉。這首詩用字也很精妙。兩個“籠”字很好地烘托了秦淮河清冷朦朧的意境，而“近”“不知”“猶唱”，皆爲詩人深所致意，深化了全詩的主題。全詩用語極爲凝煉，也極有餘味，堪稱杜牧絕句的代表作。沈德潛盛贊此詩爲“絕唱”，確實不算過譽。

寄揚州韓綽判官

青山隱隱水迢迢，
秋盡江南草未凋。
二十四橋明月夜，
玉人何處教吹簫？

题解

韓綽，生平事迹不詳；“判官”，觀察使、節度使的僚屬，掌文書。韓綽在揚州，可能是淮南節度使的判官。唐文宗大和七年（833）四月到九年初，杜牧曾在淮南節度使牛僧孺幕中做過推官和掌書記，與韓綽相識當在是時。韓綽死後，杜牧作過《哭韓綽》詩，看來兩人友情甚篤。這首詩應爲杜牧離任後寄贈韓綽之作。詩以清麗的筆調寫出揚州之美，探問韓綽的近況，並委婉地表達對揚州繁華歲月的留戀之情。

寄揚州韓綽判官 詩意圖 蕭玉田 繪

【句解】

青山隱隱水迢迢，秋盡江南草未凋

“迢迢”，遥遠、綿長之意；一作“遥遥”。這兩句回憶印象中的江南秋色：青山一帶，隱現天際，碧水宛延，迢迢渺渺。山因其遠而顯得影影綽綽，水因其長而顯得迢迢渺渺，山遠水長，暗示雙方難以會面。“隱隱”和“迢迢”這一對疊字，拉大了時間與空間距離，更見出詩人對遠方友人的想念之情。宋代歐陽修《踏莎行》詞云“離愁漸遠漸無窮，迢迢不斷如春水”“平蕪盡處是青山，行人更在青山外”之句，更明確地道出了這山遠水迢的言外之意；《紅樓夢》中的《紅豆曲》云“恰便似遮不住的青山隱隱，流不斷的綠水悠悠”，形容相思之情的綿綿無盡，也是杜牧此詩意象的延伸。

江南風土和厚，雖然過了深秋時分，而草木尚未凋零，仍有綠意迎人。揚州雖地處長江北岸，但氣候風物實與江南無異，故以“江南”統括揚州。晚秋時節萬物凋零，蕭條冷落，而江南的風光依舊旖旎秀媚，怎不叫人懷念？作者想念揚州，想念揚州的故人，詩中寫江南的晚秋山清水秀，草木經霜不凋，爲自己的想念設置了一個美好的背景。在這不無美化因素的江南秋色中，詩人那翹首遥念、懷戀繁華舊游的情思也隱約傳達出來。“草未凋”，一作“草木凋”，似不如“草未凋”有意味。

二十四橋明月夜，玉人何處教吹簫

“二十四橋”，歷來有許多種說法。宋沈括《夢溪筆談·補筆談》中說，唐時揚州最爲繁華，有二十四座橋，並列出從西邊的茶園橋到東面的山光橋共二十一座橋名。一說“二十四”橋即吴家磚橋，又名紅藥橋，因古時有二十四位美人吹簫於此，故名（見清人李斗《揚州畫舫錄》）。還有其它多種說法，或以“二十四橋”爲古代揚州橋梁的編號，或以其爲“阿師橋”的諧音，等等。其實，這裏的“二十四橋”理解爲虚指而非實指，可能更合詩人本意：“二十四橋”既非二十四座，亦不是具體哪一座，而是泛指揚州水道縱横、小橋甚多。杜牧喜歡以數字入詩，如《江南春絶句》中有“南朝四百八十寺，多少樓臺烟雨中”，《題齊安城樓》中有“不用憑闌苦回首，故鄉七十五長亭”，其數字皆不可執泥求之。“二十四橋”遍布城内，此句其實就是指“揚州小橋明月夜”，小橋明月是揚州一景，其他詩人也歌詠過，如“十里長街市井連，月明橋上看神仙”（張祜《縱游淮南》）等。在詩人的回憶中，此景最能集中體現揚州浪漫繁華的美麗風調。

“玉人”，形容人的容顏姣好、溫文爾雅，既可用來指女子，也可用來指男子；《世說新語·容止》說裴楷“粗服亂頭皆好，時人皆以爲‘玉人’”；這裏的“玉人”指韓綽。杜牧在牛僧孺幕的兩年裏，夜間經常到揚州酒樓歡場徵逐歌舞，過著詩酒風流的生活，韓綽也許曾與詩人一起把臂游賞，並教過歌女吹簫吧。詩人想問候朋友的近況，以調侃的口吻問道：此時此刻，你正在哪一座橋上教歌女們吹簫鼓樂、流連忘返呢？如此一問，則韓綽風流倜儻的才貌已依約可見，兩人昔日同游的交誼也得以重溫。詩人將昔日暢游過的地點一一回想，方有“何處”一問，這一問不但體現了揚州的繁華，也隱隱流露詩人對友人的羨慕，以及對揚州詩酒風流生活的懷念。

這兩句詩，把二十四位美人吹簫於橋上的美麗傳說與“月明橋上看神仙”的現實生活融合在一起，教吹簫的固是玉人，那學吹簫的美麗歌女們何嘗不是玉人。這意境是如此清新明麗，其藝術效果已遠遠超出對友人的善意調侃。

評解

揚州勝地繁華，歷代詩人爲它留下的衆多膾炙人口的詩篇當中，以杜牧這首最具情致，意境優美。宋謝枋得《唐詩絶句註解》評此詩爲“厭江南之寂寞，思揚州之歡娛，情雖切而辭不露”。詩人筆下的揚州越是美麗動人，越是說明詩人對揚州的眷戀神往。詩人把這層懷念之意隱含在對江南晚秋美景的描寫當中，融化在對友人的調侃之言裏，含蓄蘊藉，別具風致。

遣懷

落魄江湖載酒行，
楚腰纖細掌中輕。
十年一覺揚州夢，
贏得青樓薄幸名。

题解

這首詩是杜牧追憶揚州幕僚生活的抒情之作。“遣懷”，抒寫情懷。當年在揚州，詩人豪興縱恣，夜夜冶游；忽忽十年已過，撫今追昔，不禁大有前塵如夢的感慨，深悔自己虛擲光陰，功業無成。此詩在自我反省與寬解中，寓有深沉的心酸與無奈。

遣懷 詩意圖 蕭玉田 繪

【句解】

落魄江湖載酒行，楚腰纖細掌中輕

這兩句是詩人對昔日揚州生活的回憶：自己早年困頓江南，潦倒失意，唯日日沉湎酒色，以美麗的歌伎舞女爲伴，過著放浪形骸的生活。“落魄”，一作“落拓”，謂困頓失意、放浪不羈；“江湖”，一作“江南”。“楚腰”，據《韓非子·二柄》，“楚靈王好細腰，而國中多餓人”，楚靈王以細腰爲美，當時國中之人多節食以求細腰；後以“楚腰”喻指美女窈窕多姿。“掌中輕”，據《飛燕外傳》，漢成帝皇后趙飛燕“體輕，能爲掌上舞”。詩人借這兩個典故誇贊揚州女子輕盈貌美。

杜牧宦海浮沉，一生鬱鬱不得志。從他的經歷來看，他在揚州牛僧孺幕中的生活並不比在別處時更落魄。揚州爲江南繁華勝地，牛僧孺對杜牧也頗爲厚待，那時杜牧還年輕，對自己的前途還很有信心，他對這段生活其實充滿了感情，這從一些懷念揚州冶游的作品中可見一斑。但十年過去了，年過不惑的他仍然蹭蹬官場，一事無成；此時再回憶揚州幕府時期的放蕩生活，便有了人事滄桑的感喟，對當日的生活充滿自傷與自省：原來當日縱恣冶游，也是因爲仕途失意，聊以自遣啊！詩人爲自己的年少輕狂、放蕩不羈找了一個勉強的理由，在這種無可奈何的心情裏，他確實體會到了落魄的滋味。

十年一覺揚州夢，贏得青樓薄幸名

十年過去了，詩人回首前塵，恍然如夢。“十年”和“一覺”相對，仿佛瞬間幡然醒悟，頓覺今是而昨非，鮮明的對比益發顯出詩人的感慨之深。

往日的繁華熱鬧、酒色歡娛，如今都已消逝不存；夢醒追思，一片空虛，自己惟一“贏得”的不過是“青樓薄幸名”。“贏得”，一作“占得”；“青樓”，原指華美的樓房，後多用來指歌樓妓館；“薄幸”，薄情負心。末句說，自己祇不過在歌樓妓館得到一個薄情浪子的名聲罷了。“贏得”二字有自嘲的意味，調侃之中，含有無盡的辛酸與悔恨。十年之後，失意落魄的處境仍然没有改變；滿腔熱情的一代才子竟無用武之地，年已不惑仍舊功業無成。這兩句調侃來得舉重若輕，含有多少人生的感喟與沉痛。

評解

這首詩描寫詩人對往昔揚州幕僚生活的追憶，前兩句敘事，後兩句抒情。歲月拋擲，十年夢醒，詩人方覺自己昔日少年輕狂，深悔虛擲光陰，功業無成。名爲“遣懷”，貌似調侃，其實也是一種深刻的自我剖析，懺悔之意可見。

在杜牧生活的時代，唐王朝已逐漸走向没落。生當衰世，又逢黨爭，正直的知識分子總是難有機會一展宏圖，報效國家。這首詩借著對揚州舊夢的反省，抒發對現實政治的不滿，飽含詩人對人生的辛酸感和無奈感。

嘆花

自是尋春去校遲，

不須惆悵怨芳時。

狂風落盡深紅色，

綠葉成陰子滿枝。

题解

這首詩的題目又作《悵詩》《悵別》。據說杜牧早年在宣城沈傳師幕中時，曾游湖州，見一少女生相極美，便以厚幣與她母親約定，要求少女等他十年，如若十年後他仍不來娶，便可出嫁。十四年後，杜牧果然出任湖州刺史，但該女子已經出嫁三年，育有二子。杜牧責備其母失信，其母回說十年之約已過。杜牧大爲惆悵，賦此詩以自傷。這個傳說見《唐闕史》《唐摭言》等，不一定可靠。杜牧在沈傳師江西及宣州幕中，是在唐文宗大和二年十月至七年四月（828—833），下距唐宣宗大中四年（850）出任湖州刺史，相差在十七年以上，並非十四年。但此詩借“嘆花”寄托男女之情，是大致可以肯定的。它表現的是詩人在生活不如意時的一種惆悵懊喪之情。

嘆花 詩意圖 成秉羿 繪

【句解】

自是尋春去校遲，不須惆悵怨芳時

這首詩以花喻人，全篇圍繞“嘆”字著筆。所嘆者爲何？嘆的是未逢花開，錯過花時。詩人嘆道：不必埋怨花開得太早吧，衹怨自己尋訪春色去得太晚，以至於春盡花謝。“校”，即“較”；“自是”是說都怪自己。這一句表達了詩人自怨自艾、懊悔莫及的心情。“不須惆悵”則是自我寬解之辭，其實如果真的不惆悵，何來“不須”？正是因爲很惆悵，很惋惜，而又無可奈何，所以衹好怪自己尋芳失時。起句便是自責之詞，突出了這種惆悵懊惱之情。

狂風落盡深紅色，綠葉成陰子滿枝

自然界的風雨變遷使得鮮花凋零，春天已然過去，綠葉繁茂，果實纍纍，已經快到收穫的季節了。“深紅色”，指鮮花。“狂風”指代無情的歲月，還有人事的變遷。世事滄桑，詩人幾經沉浮，輾轉南北；當年的風流才子，如今僅得出爲湖州刺史。這“狂風”摧折的，又豈止是深紅色的花朵？末句“子滿枝”語帶雙關，既是說花落結子，也暗指當年的妙齡少女如今已結婚生子。“綠葉成陰”還隱含另一層贊嘆之意：昔日開著嬌艷花朵的花枝，如今已化身綠葉濃陰，能爲幼子遮蔽風雨了。

評解

這首詩用“比”的手法，以花喻人，借敘事詠物以抒情。作者以自己尋春失時，致狂風催花，花落結子，暗喻自己與某位女性之間一段錯過的姻緣，筆端帶有無盡的感嘆與惋惜。《唐闕史》《唐摭言》等書中所記載的故事不盡可靠，然而，即使衹把此詩當作一首描寫彼此深愛的情侶因機緣不合而擦肩錯過的情詩，也是很令人感喟的。詩中以狂風比喻歲月滄桑，以果實滿枝比喻生兒育女，比得新巧貼切，仿佛信手拈來，而又絕無生澀陳腐之病。

山行

遠上寒山石徑斜，
白雲生處有人家。
停車坐愛楓林晚，
霜葉紅於二月花。

题解

這首詩描寫詩人行經山麓時所見寒山秋色，其中“霜葉紅於二月花”是千古傳誦的名句。此詩詩中有畫，把寒山、白雲、小徑、人家、紅葉和詩人自己都納入一幅和諧的畫面，以秋山之“寒”襯托楓葉之“紅”，以詩人之“停”襯托對紅葉之“愛”，情景交融，意境高爽。

山行 詩意圖 戴敦邦 繪

【句解】

遠上寒山石徑斜，白雲生處有人家

“遠”謂山之深，“上”謂山之高，“斜”謂山之峭，“寒”謂山之色。寥寥數字，便將此山勾勒皴染，傳神地展現於畫卷之上。“遠上”二字給人以高大深遠之感；“斜”字既寫出山勢的陡峭，亦寫出石徑依山勢而盤曲，移步換景，緊扣“山行”這個題目。“寒”字點明時令已是深秋，與下文的“霜”字遥相呼應，同時也暗示了秋山之色。秋日的山景，並非衹有黄葉如金，楓葉流丹，更有經霜不凋的蒼松翠柏，這種蕭瑟勁健之景色非“寒”不顯。“石徑”的“石”字，更突出了秋山清冷寒爽的質感。

沿著盤曲的青石小徑向上望去，衹見最深遠處白雲繚繞。“生”字再次强調山勢之高，白雲飄浮，既有繚繞的動態，又顯出滋長不息的生機。雲間若隱若現的幾處茅檐瓦舍，更爲這畫面增添了情致與生趣。

這兩句詩宛如一幅淡雅優美的風景畫。詩人用“寒山”總寫秋山之色，首先給讀者一種清冷蕭瑟的印象，這爲下文大片火紅耀眼的楓林的出場作了極好的襯托與鋪墊。

停車坐愛楓林晚，霜葉紅於二月花

“坐”，因爲、由於，是説明原因之詞。詩人行經山麓，爲何不顧驅車趕路，而是將車停下呢？因爲他發現了一大片流丹爍彩、火紅耀眼的楓林，他要停下來細細領略體味。他痴痴地觀賞，不覺天色已晚；“晚”字同時暗示漫天晚霞與這火紅的楓林互相映照，令眼前的美景加倍地燦爛絢目，詩人自然更不忍離去。

末句補足第三句的意思，可謂全詩的精神所在。描寫秋山楓葉，自當以“紅”字爲焦點。前兩句寫寒山白雲，疏淡的景致已爲這“紅”鋪設好了背景；但如果平鋪直敘地描寫楓葉經霜似火如霞，詩味不免淺薄。詩人巧妙地拈出二月春花作比，這楓葉之“紅”便覺更顯豁，更神采飛揚，實爲全詩點睛之筆。

二月春花顏色嬌艷，象徵著青春與活力；楓葉紅於百花紛謝的晚秋，詩人却覺得它比二月春花還要鮮艷明麗，這是因爲詩人透過這一片紅色，看到了像春天一樣熱烈與勃發的生命力。這樣寫，不單單是渲染楓葉的顏色之美，更賦予它一種精神上的美，即頑强的生命力和傲寒鬥霜的品格。這一句既是寫景，也是抒情，因爲詩人自己有英爽蕭颯的襟懷，纔會對這片經霜而紅的楓葉如此喜愛；不顧風寒秋晚，停車駐足賞紅葉，並陶然而醉的詩人，也成了這寒山秋色的一部分。通過這飽含哲理的詩句，詩人的心胸與紅葉的精神達到了高度的和諧，誠爲"思與境偕"的名句。

評解

這首詩題爲《山行》，重點却在"停車"時所欣賞的景致。没有"行"，也就無所謂"停"；没有寒山白雲，也難以襯托出這一片生機勃勃的火紅楓林。之所以"停"，是因爲喜歡秋景之美，"愛"得深沉。由"行"而"停"，在扣題的同時，把景與情融合在一起，詩人的滿腔欣悦即在言外。就整首詩的佈局和色調來看，疏密、虛實、濃淡、顯隱、遠近、高低、冷暖、動静等多種對襯手法的運用，使得這首詩有如一幅完美的繪畫，形成一個既豐富多彩又和諧統一的整體。楓林的精神，詩人的欣悦，都在這幅畫面中顯現出來。

雖然獨行於晚秋寒山，但是詩人並没有表現離索愁怨的情緒，他歌詠大自然的秋色美，一掃向來詠秋詩中充斥的悲秋傷逝、蕭瑟冷落的習氣。通過"紅於二月花"的紅葉這個形象所表現出來的健康開朗的美學趣味，體現出詩人豪邁超拔的襟懷，讀來令人倍感精神振奮。

赤壁

折戟沉沙鐵未銷，
自將磨洗認前朝。
東風不與周郎便，
銅雀春深鎖二喬。

题解

漢獻帝建安十三年（208），吴蜀聯軍大敗曹魏數十萬大軍於長江赤壁（今湖北省蒲圻西北，一說今嘉魚東北），奠定了三國鼎立的基礎，這就是著名的赤壁之戰。在這場戰役中，頭號風雲人物當屬時年三十四歲的吴軍統帥周瑜，吴蜀聯軍就是在他的指揮下取得勝利。詩人有感於三國時代的英雄成敗，寫下了這首詠史名作。

赤壁 詩意圖 蕭玉田 繪

【句解】

折戟沉沙鐵未銷，自將磨洗認前朝

這首詩寫赤壁之戰，但是没有從正面去寫，而是抓住一個細節引起對前朝人物和事件的慨嘆，一發懷古之幽情。有一支折斷的鐵戟，沉埋在長江古戰場的泥沙中，經過六百多年尚未銷蝕，現在被人發現；把斷戟表面的砂銹打磨乾净後，辨認出它正是赤壁之戰的遺物。這一支飽含滄桑痕迹的斷戟，使詩人産生了無限感慨。

南宋詩人謝枋得在《唐詩絶句註解》中說，自己在湖北蒲圻登岸訊問，當地居民告訴他，在耕田的時候確實會偶然挖得斷槍弩箭。謝枋得認爲，此事可證杜牧詩中說的“磨洗折戟”確有其事。其實，詩歌作爲藝術作品，大可不必作如此拘泥的解釋。“折戟”衹是詩人懷古的引子，由此他很自然地引入對那場戰爭的議論；由此切入，也拋開了以山河形勝作詠史開端的老一套，構思十分新穎巧妙。

東風不與周郎便，銅雀春深鎖二喬

詩人没有贊頌周瑜以少勝多的輝煌勝利及其非凡的軍事才能，而是從反面落墨，指出若東風不助周瑜一臂之力，讓他能够發動火攻，大敗曹軍，那麽天姿國色的二喬姐妹，早已被幽閉在銅雀宫中，供曹操享用了。“周郎”，指周瑜，“周郎”是吴人對他的稱呼，這一稱呼突出了他少年英俊、才具過人的形象。“銅雀”，指銅雀台，爲曹操所建，故址在今河北臨漳西。曹操曾廣蓄姬妾美女於銅雀台中。“二喬”，指大喬、小喬姐妹；這兩姐妹俱爲國色，大喬嫁東吴前國主孫策爲妻，小喬嫁周瑜爲妻。

描寫一場戰争，必然離不開對其勝負的總結評價。在赤壁之戰中，吴蜀聯軍與曹操大軍相比，力量相差十分懸殊，而在決戰的時刻火攻能够成功，是因爲恰好颳起了强勁的東風。詩人選取周瑜和他借以致勝的“東風”來描寫這場戰争，並且將東風置於更重要的地位加以强調，指出假使不是恰恰有這場東風給周郎以方便，那麽勝負雙方就要易位，歷史形勢將完全改觀。怎樣改觀呢？詩人並没有正面論述東吴戰敗的嚴重後果，而是獨具匠心地以大喬、小喬命運的變化爲對象，委婉地描寫假想中東吴的失敗。大喬、小喬是東吴地位極高的貴夫人，若連她們都被閉鎖幽宫，則東吴之社稷傾覆、生靈塗炭，更不待言。“銅雀春深鎖二喬”雖帶有戲謔意味，但這一富於形象性的詩句有著以微見著的藝術效果，活畫出了曹操勝利後的驕奢縱恣和東吴戰敗後的卑抑屈辱。同時，這句詩以美人（二喬）與上文的“周郎”遥相呼應，益發襯托周瑜的少年英俊；“春深”與“鎖”字則傳達了一種婉曲幽怨的情緒。這些富於形象性的細節，爲這首懷古政論詩增添了優美而深情的風致。

作者把“東風”放在論述中心，並假設了周瑜的失敗，表面看似乎是對周瑜的貶抑，其實不然。這首詩借“東風”和“二喬”，形象地揭示了此戰與東吴命運休戚相關，並由此贊賞周瑜的膽識才具。東風本身並不能主導戰争的進行和結局，縱有東風，若没有如周瑜這樣的良將，又怎能因勢利導、一舉獲勝呢？作者論述“東風”之便，其實是加倍突出當時形勢的凶險，借以襯托周瑜的才幹。周瑜的過人之處即在於能够臨危不亂，因勢乘便，借東風一舉打敗曹魏，免於國破妻虜之辱，並奠定三分大業。

如果聯想到杜牧本人的志向懷抱與平生遭際的話，對這首詩還會有更深的理解。杜牧本以武略自負，好談兵論政，還曾註過《孫子》。他對當時中央與藩鎮、漢族與吐蕃的鬥争形勢，有相當清楚的認識了解，並曾經向朝廷提出過一些有益的建議。但是，他空有經邦濟世之才，在晚唐衰頽的政治環境中却無法得以施展。在赤壁之戰中，周瑜之所以能够大獲全勝，還有一個重要的原因，就是他得到了吴主孫權的信任。孫權把東吴水陸兵馬全部托付給周瑜，一切戰事聽憑他處置，周瑜能够取得成功，所憑藉的當然不止是東風之便。杜牧如此强調“東風”，恐怕用意還在於自負知兵而不得進用，所以借史事以吐其胸中抑鬱不平之氣吧。

評解

杜牧的詠史詩好異於人，對此前人已經論及。北宋胡仔《苕溪漁隱叢話》便説：“牧之於題詠，好異於人。如《赤壁》云‘東風不與周郎便，銅雀春深鎖二喬’，《題商山四皓廟》云‘南軍不袒左邊袖，四皓（原詩爲‘老’）安劉是滅劉’，皆反説其事。”若單憑“反説其事”來標新立異，不顧情理地作翻案文章，當然是不足取的；必須獨具隻眼，確有灼見，這“異”説纔有價值。《赤壁》正是這樣一篇入情入理、獨發異説的優秀作品。

詩人在“反説”歷史的同時，也抒發了自己空有安邦濟世之才、却無處可施的抑鬱不平之氣。南宋謝枋得在《唐詩絶句註解》中評價此詩："衆人詠赤壁，衹善當時之勝；杜牧之詠赤壁，獨憂當時之敗。此是無中生有，死中求活，非淺識可到。"確實，赤壁之戰是歷史上著名的以少勝多的戰役，歷來爲人們所傳頌。杜牧在這首詩中，獨以假設的語氣從反面落筆，以"東風"之便突出其戰勝之險，以二喬被"鎖"推想戰敗後吴國必然的覆滅，較之正面議論更具匠心，更有意想不到的藝術魅力。

這首詩起句新穎，結想巧妙，情致優美，寄慨遥深，是杜牧詠史詩的代表作。

清明

清明時節雨紛紛，
路上行人欲斷魂。
借問酒家何處有，
牧童遥指杏花村。

题解

這首詩傳神地再現了清明時候特有的雨中景象，著墨不多而情趣逼真，清新優美，餘味綿長，是歷來傳誦的名篇。此詩未見於杜牧的《樊川文集》《樊川别集》及《外集》，清人編的《全唐詩》中也没有收這首詩。它最早見於南宋謝枋得所編《千家詩》，署名杜牧，此後長期被認爲是杜牧的作品，並廣爲流傳。

清明 詩意圖 高向陽 繪

【句解】

清明時節雨紛紛，路上行人欲斷魂

清明是春天的節氣，也是人們踏青、掃墓的時節。然而，這也是氣候容易發生變化的時節。詩人在出行途中適逢春雨紛紛。“紛紛”兩字落得極妙：這雨不是傾盆大雨，也不是“天街小雨潤如酥”那樣的小雨、絲雨，那樣的春雨是引人欣悦的，不會使人“斷魂”。春雨淅瀝不斷，渲染了一種綿長寒冷、無從逃避的感覺，這種感覺極易引動行人的愁緒。

古代風俗，清明節全家人一起踏青賞春，或上墳掃墓。出門在外的人不但不能與家人團聚，還要冒雨趲行；羈旅辛苦，觸景傷懷，倍覺凄凉。詩人用“斷魂”來描寫旅人的黯然心情，緊扣上句的“紛紛”，音韻和諧，彼此相激相蕩；反複吟詠，會使人産生一種春雨使人斷魂，行人心事紛亂的感覺。可以説，“紛紛”既是形容春雨，也是形容行人的情緒，爲這清明行旅倍增凄怨紛擾的色彩。情以物遷，辭以情發，詩人在這兩句詩中營造出一個情景交融的藝術境界。

借問酒家何處有，牧童遥指杏花村

春雨綿長，衣衫盡濕，所見旅人又行色凄慘，詩人自然想到要找一個地方避避雨，暖暖身。恰好路遇雨中放牧的小牧童，詩人便探問何處有酒家，希望能小飲幾杯以解春寒、散春愁。牧童舉手一指，前方杏花深處的小村莊便隱隱躍入詩人的眼簾。全詩於此戛然而止，再無贅言，却令人回味無窮。

“借問”之“借”，有種客氣、探問的意思，很形象地描寫了雨中問話的情形。彼此交會於雨中泥濘的路上，很難如平時一樣，走近對方的身旁再行問訊。“借問”不但客氣，而且暗示了問話人的距離。“遥指”之“遥”，並不一定是指村落之遠，而是傳神地寫出了牧童不假言語，舉手遥遥一指的情態。爲甚麼惜字如金？因爲春寒料峭，雨絲風片之中不太容易張口作答。另外，小牧童雨中放牧，行動速度一定是遲緩的，那舉手遥遥一指的情態也有種遲緩安閑的味道。這兩句詩勾勒出了雨中對話特有的慢節奏。“借問”與“遥指”都帶有距離感，傳達出了雨中路遇、問訊作答的情態。但這沉默與距離却並不使人覺得無情，反而有一種行旅中人特有的默契和親切感。

這兩句詩一掃前兩句的凄迷清冷，帶給人生動而溫暖的感覺。路遇雨中放牧的小牧童，已覺生趣盎然；而村落就在前方目力所及之處的紅杏叢中，村中即有可以避雨驅寒的小酒店，更讓人覺得振奮與溫暖。紅杏掩映，春意粲然，牧童遥遥一指，更使詩人心領神會，幾乎看到紅杏梢頭挑出的一個酒簾子了。若真的距離遥遠，則紅杏不可見，頓失興味；若距離甚近，則又不待問訊。這雨中的小小村落，妙就妙在不遠不近之間，急切不能到達，又給人前行的希望。在《紅樓夢》裏，賈寶玉將大觀園中的一處景致題作“杏簾在望”，那“在望”的神情，正由這裏的“遥指”脱化而來，也正好可以拿來爲這句詩作註脚。

評解

這首小詩清新自然，既無難字，也不用典故，絲毫不見斧鑿刻削之痕；仿佛信口說來，又絶無膚淺平直之病，寫得耐人尋味。有了後兩句的生機與溫暖，前兩句的凄清使人覺得可以處之泰然，仿佛是人生所必經之事，不再徒爲傷感，由此，全詩統一於一種和諧的意境中。這首詩音節圓轉，情趣生動，好似一幅清明雨行圖，展現了深遠綿長的韻味和情思。

秋夕

銀燭秋光冷畫屏，
輕羅小扇撲流螢。
天階夜色涼如水，
坐看牽牛織女星。

题解

這首詩巧妙地選取秋夜納涼的幾個場景，描寫一個失意宮女寂寞孤獨的生活和她對美好生活的嚮往，表達了詩人對她深深的同情。詩中意象豐富，用筆洗煉含蓄，而宮女的怨情畢現，情致深婉，形象生動。

秋夕詩意圖　陳謀繪

【句解】

銀燭秋光冷畫屏，輕羅小扇撲流螢

這兩句寫一位宮女在秋涼之夜消閑遣悶的生活圖景。深宮寂寞，秋夜裏的白色蠟燭發出微弱慘淡的光，閃爍不定，給屏風上的畫面增添了幾分暗淡的色調。這位孤單的宮女百無聊賴，用團絹小扇撲打著那忽高忽低、飛來飛去的螢火蟲。這兩句詩裏的意象冷寂淒幽，別具象徵。皇宮內苑本當燈火通明，而這位宮女的居處却祇有幾枝白燭散發著微光。"銀""秋""冷"，這幾個字渲染了一種淒清的氣氛。那被微光映得明滅不定的屏風，靜靜立於房中，更增添了幾分闃寂幽怖的味道。螢火蟲生於人迹罕至的荒草叢塚間，這位宮女居住的庭院居然野草叢生，流螢出没，暗示她被長期冷落的寂寞處境。

"輕羅小扇"也有一層象徵意義。相傳漢成帝妃班婕妤爲趙飛燕所譖而失寵，她寫了一首《怨歌行》表達怨情："新裂齊紈素，皎潔如霜雪。裁爲合歡扇，團團似明月。出入君懷袖，動搖微風發。常恐秋節至，涼飆奪炎熱。棄捐篋笥中，恩情中道絶。"扇子爲夏天所用，秋天便無用場。這首《怨歌行》之後，團扇、絹扇便常常用以形容失寵的女子，如王昌齡的《長信秋詞》："奉帚平明金殿開，且將團扇共徘徊。玉顏不及寒鴉色，猶帶昭陽日影來。"便是承班婕妤《怨歌行》之意而歌詠她的。這首詩中的"輕羅小扇"也有棄絶的含義。深宮秋夜冷清寂寥，而宮女手邊仍有團扇，也表明她與世隔絶的生活；以扇撲螢，更是百無聊賴中釋懷散悶的行爲，由此生動刻畫出她孤獨的生活和淒涼的心境。

天階夜色涼如水，坐看牽牛織女星

"天階"，皇宮中的石階。以"天階"來形容宮中石階，有一種極高極陡的質感，暗示了重見天日的困難，也進一步突出她隔絶幽閉的處境。夜已深沉，其涼如水，而宮女依舊坐在冰冷的石階上，痴痴地仰望著夜空中天河兩側的牽牛星和織女星。在民間傳說中，織女是天帝的孫女，嫁與牽牛，每年七夕通過鵲橋渡河，與他相會一次。宮女久久仰望這兩顆星辰，想著這個美麗動人的傳說，渾然不覺夜色已深，寒氣逼人。牛郎織女暌隔天河兩岸，不能長相廝守，然而他們的愛情是真摯的，每年畢竟還能相會一次；而這位宮女却祇能懷著孤獨寂寞，一步一步走向"未央墻西青草路，宮人斜裏紅妝墓”（王建《宮人斜》）的結局，直至老死深宮，也不能嘗到一次愛情的滋味。

末句是點睛傳神之筆。前面三句已充分寫出宮女環境的荒凉與心情的寂寞，最後一句則以準確而含蓄的筆墨，揭示了她的內心世界，點明了她心裏的痛苦和希望。如此絕望的處境，宮女仍然没有變得麻木，仍然懷著一顆渴望幸福的心，這使得其形象更爲豐富飽滿，同時詩歌的感染力也更深厚，更能激發讀者的同情和思索。“坐看牽牛織女星”形象地揭示了宮女的心事，婉轉深曲，而不著痕迹。晚唐詞人溫庭筠的《菩薩蠻》，通篇描寫女子的儀容與慵懶弄妝的情態，獨借篇尾一句“新貼繡羅襦，雙雙金鷓鴣”揭示了主人公的內心情感世界。繡衣上的鷓鴣成雙成對，而自己却孤孤單單，纔是這位女子慵慵懶懶、終日提不起精神的真正原因。與溫庭筠詞相似，杜牧此詩也在篇尾以富於感發性的藝術形象揭示主題，含蓄深婉。

評解

這是一首藝術技巧非常精湛的宮怨詩。這首小詩没有用怨、仇、恨等字，没有寫到一滴眼淚，或是一聲嘆息，然而詩中的意象、宮女的舉動，却無一不顯示出其怨情。深宮內苑，是使無數少女失去青春和生命的牢籠，“銀”“冷”“凉”等字都是冷色調，如水夜色也令人覺得慘淡凄清。流螢雖爲畫面增加了動感，却因“腐草化螢”的傳說，更增寂寞荒凉之感。宮女“撲流螢”，見出她的寂寞無聊；“坐看”雙星，則勾勒出她痴想出神的情態，暗示了她對美好正常生活的深深嚮往。全詩看似白描，然而意象與色調的選擇、宮女不經意間的幾個動態，都含蓄地揭示了她的處境與心情。詩中没有一句抒情感憤的話，但是把宮女那無言的幽怨以及對美好生活的憧憬，全部融進了這看似漫不經心選取的幾個畫面之中，化在輕倩婉曲的風調之中，感慨良深。